KB271544

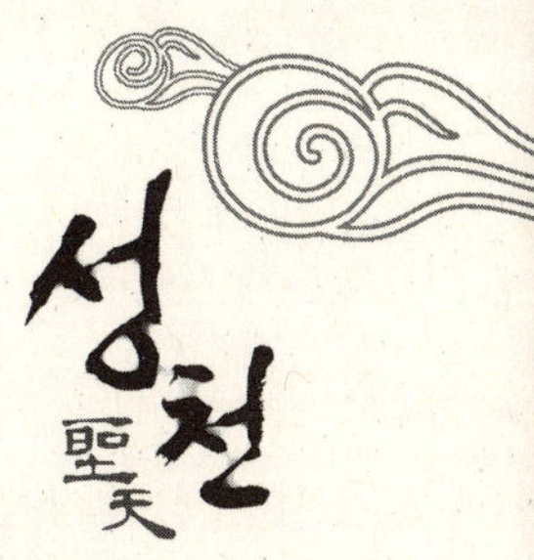

조종호 新무협 판타지 소설

FANTASTIC ORIENTAL HEROES

성천 5

조종호 新무협 판타지 소설

초판 1쇄 찍은 날 § 2009년 7월 3일
초판 1쇄 펴낸 날 § 2009년 7월 10일

지은이 § 조종호
펴낸이 § 서경석

편집장 § 문혜영
편집책임 § 문정흠
편집 § 주소영

펴낸곳 § 도서출판 청어람
등록번호 § 제1081-1-89호
등록일자 § 1999. 5. 31
어람번호 § 제2-1775호

주소 § 경기도 부천시 원미구 심곡2동 163-2 서경B/D 3F (우) 420-822
전화 § 032-656-4452팩스 § 032-656-4453
http://www.chungeoram.com
E-mail § eoram99@chollian.net

ⓒ 조종호, 2008

ISBN 978-89-251-1860-4 04810
ISBN 978-89-251-1603-7 (세트)

도서출판 청어람

조종호 新무협 판타지 소설
FANTASTIC ORIENTAL HEROES

# 성천 聖天

**5**

과거지사(過去之事)

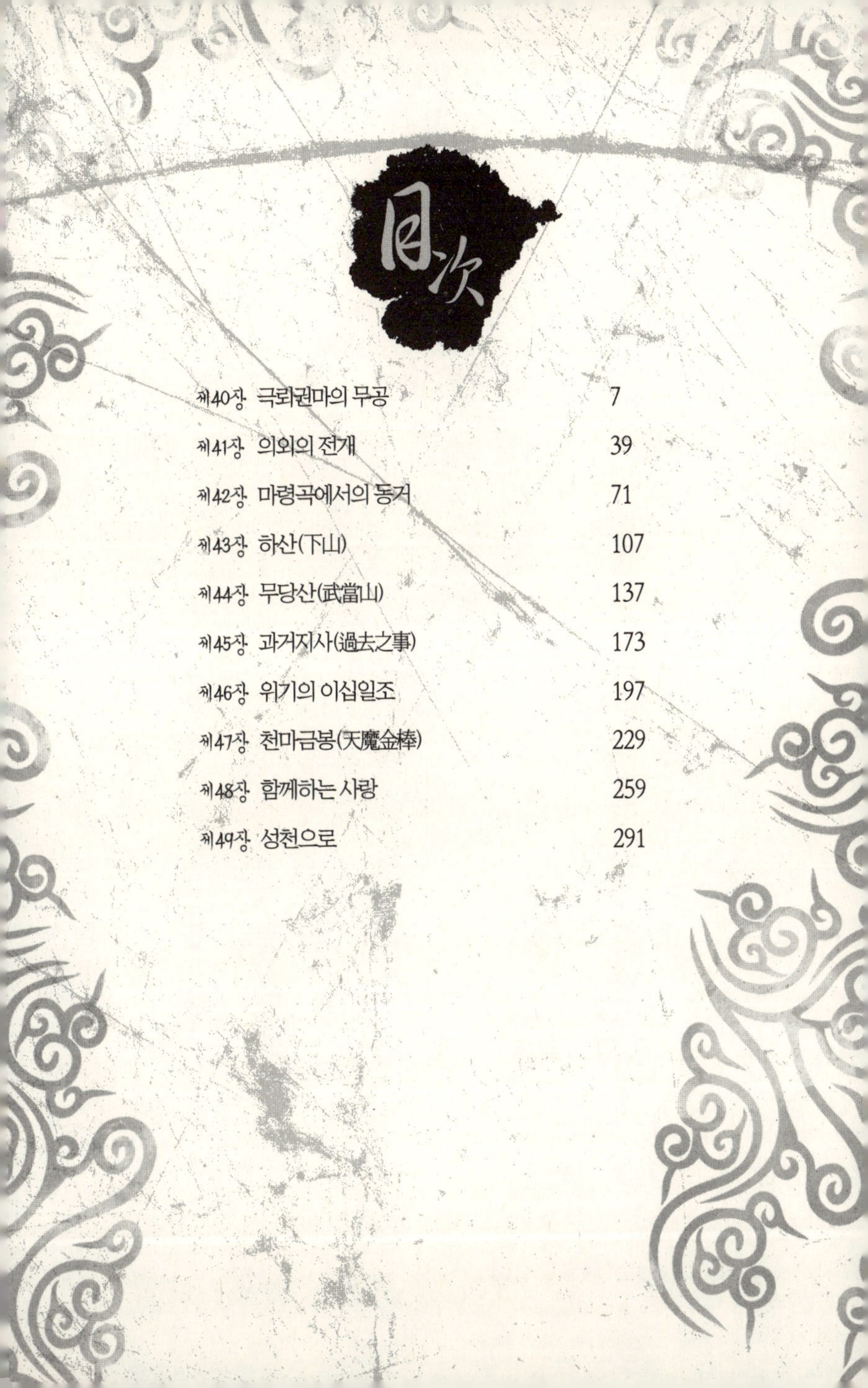

# 目次

# 第四十章

## 극뢰권마의 무공

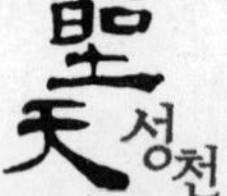

하남 태화보.

태화보는 강호삼보의 하나답게 하루에도 수많은 사람들이 드나든다.

때문에 객을 위한 건물만 해도 세 채나 되었는데, 형가량과 그의 딸, 그리고 낙안사도는 그중에서도 가장 큰 규모의 객사(客舍)로 안내되었다.

널따란 탁자를 가운데 두고 자리한 일행은 비교적 편안한 신색이었으나 형가량만은 달랐다.

그는 초조한 기색을 숨기지 못하고 있었다.

"아빠?"

형초홍이 부르자 한참 만에야 그는 고개를 저으며 입을 열었다.

"그들이 내 말을 믿어줄지……."

"괜찮을 거예요. 금창사가에서 가져갔다고 하면 된다고 그 애가 말했잖아요."

형초홍이 말하자 낙안사도 중 구레나룻대한이 소리 내어 웃었다.

"하하하, 형님은 걱정도 많소. 초홍이 말대로 그 친구가 하란 대로 하면 아마도 별 탈 없을 거요. 척 보아도 허언을 할 친구로 보이진 않았잖소."

"물론 그렇기야 하네만……."

두 사람의 말에도 형가량의 수심은 풀리지 않아 보였다.

강호의 일이란 것이 그렇게 마음먹은 대로 쉽게 풀리지만은 않는단 사실을 그는 오랜 경험으로 알고 있었다.

그때였다.

하인으로 보이는 자가 들어서더니 보주가 찾는다 전하고는 형가량만을 청했다.

형초홍은 아버지의 뒷모습을 보며 넌지시 물었다.

"괜찮겠죠?"

"물론이다. 태화보가 대단한 세력임에는 분명하지만 금창사가는 더욱 위세가 대단하니 별 탈 없을 게다."

구레나룻대한은 예의 너털웃음을 터뜨리며 대답했다.

　　　　　*　　　　*　　　　*

"그러니까……."

태화보주 구모상(岣摸爽)의 얼굴에 언뜻 미소가 스쳐 갔다.

"금창사가에 가서 알아보라, 이 말씀이시군."

"그, 그렇소."

형가량은 단단히 마음먹고 왔음에도 구모상을 직접 대하게 되자 말을 더듬었다.

구모상은 넌지시 형가량을 응시하다가 옆에 있던 부보주(副堡主) 조탁성(曹卓成)에게 물었다.

"어찌 생각하나?"

"말도 안 됩니다."

"정말이오!"

형가량이 버럭 소리치며 끼어들었다.

"내 말은 한 치의 거짓도 없소!"

"그대는……."

한순간 구모상의 눈빛이 날카로워졌다.

"물건의 정체를 알고 있지 않소?"

형가량은 순간 흠칫했으나 침착히 대답했다.

"신박청옹 아니오?"

그 말에 구모상이 의미심장한 표정을 지으며 고개를 끄덕였다.

"역시 알고 있었군. 한데 당신이 그것을 어찌 알고 있소? 확인하지 말라는 표시가 상자에 있지 않았소?"

형가량은 상자에 금(禁)이라 적혀 있던 사실을 기억해 냈다.

"그것은 내가 아니라 장강수로채의……."

"허허, 내가 사람을 잘못 봤군. 그래도 번천수라 하면 무명소졸이 아니거늘, 어찌 친우에 대한 신의를 그리 헌신짝 취급한단 말이오."

"내가 보고 싶어서 본 것이 아니라 격전 중에 상자가 부서져서 드러난 것뿐이오."

"그게 그거요. 게다가 당신은 물건을 무사히 이곳으로 가져오지도 못했잖소."

"주인이 찾아가겠다는데 내가 어찌 말리겠소."

"주인?"

"그렇소!"

"만약 당신 말이 거짓이 아니라면, 당신은 매우 어리석은 사람이오. 주인이 찾는다고 신박청웅처럼 귀한 영물을 덥석 넘겼으니 말이오. 그리고 단언하건대, 당신은 그렇게 어리석은 사람이 아닐 거요."

"……."

"신박청웅에 주인이 있단 말을 들어보았소?"

형가량은 말문이 막혔다.

그가 잠시 머뭇거리자 구모상이 빙긋 웃었다.

"당연히 듣지 못했겠지. 왜냐하면 내가 주인이니까."

"그런!"

"그것의 주인은 다른 누구도 아닌 바로 나요. 나의 명령으로 곤륜산을 이 잡듯이 뒤져 삼 년 만에야 겨우 찾아냈으니, 바로 내가 주인 아니고 누구겠소?"

그의 말은 사실이었다.

그는 정확히 삼 년 전 곤륜산에서 신박청웅을 보았다는 정보를 입수한 후 수하들을 보냈고, 얼마 전에서야 겨우 그 결실을 보게 된 것이었다.

"그러니 당신은 사실대로 말하는 것이 좋을 거요. 아실지 모르겠지만, 난 참을성이 그리 많지 않으니까. 자, 그럼 다시 묻겠소. 신박청웅은 지금 어디 있소?"

"말하지 않았소, 금창사가에서 가져갔다고."

구모상의 얼굴이 돌처럼 굳어졌다.

"그 말에 한 치의 거짓도 없소?"

"왜 내 말을 믿지 않으시오? 금창사가에 확인해 보면 되지 않소."

구모상은 뚫어져라 형가량을 노려보다 천천히 고개를 끄덕였다.

"좋소, 좋아. 내 확인해 보도록 하지. 하지만!"

"……."

"확인이 될 때까지 그대는 이곳에 있어야만 하오. 당신뿐만 아니라 당신 딸까지도. 그리고 만에 하나 거짓이 드러났을 시에는… 이곳에 뼈를 묻어야만 할 거요."


형가량이 객사로 돌아가고 나자 구모상이 다시 조탁성에게 물었다.

"어떤가, 자네 생각은?"

"그의 태도가 확고하군요. 금창사가가 이번 일에 관여한 것은 아무래도 사실인 듯싶습니다."

조탁성의 대답은 형가량이 있을 때와는 다른 것이었다.

그때는 형가량을 떠보고자 한 말이었으나, 지금은 진실된 그의 생각이었다.

"나도 그런 듯하이."

"난처하게 됐군요. 금창사가라면 결코 쉽게 대할 수 없는 곳인데……."

"자네는 겁이 나는가?"

조탁성은 조용히 웃었다.

"그럴 리가 있겠습니까."

태화보가 비록 육대세가에 비해 뒤처진다고는 하나 그 차이는 크지 않았고, 승부는 맞부딪쳐 보기 전까진 아무도 확신할 수 없는 것이었다.

“그럼 됐네. 난 이번 일에 태화보의 사활을 걸 생각이야.”

그의 목소리에는 굳은 의지가 실려 있었다.

조탁성은 아무 말 없이 그런 구모상을 쳐다보았다.

삼 년이나 공을 들인 일이다.

신박청웅의 내단을 복용한다면 구모상은 단숨에 절세고수로 거듭날 것이고, 태화보는 육대세가보다 높은 위치를 점할 수 있을 것이었다.

어디 그뿐이랴. 구모상은 어쩌면 삼황사제의 한자리를 차지하게 될 수도 있었다.

“명분은 우리에게 있습니다.”

“물론이지. 금창사가가 신박청웅의 주인이라 우기는 것은 헛소리에 불과해.”

그는 생각하는 것만으로도 분통이 이는지 쾅! 하고 의자를 내려쳤다.

“하면 직접 행차할 생각이십니까?”

“당연하네. 내가 직접 가서 담판을 짓겠네. 사가주가 내 앞에서도 그런 헛소리를 늘어놓을 것인지 두 눈으로 똑똑히 확인해야겠어.”

*　　*　　*

“아직 멀었어?”

위지극이 앞장서서 산을 올라가고 있는 우희명에게 물었
다.

"거의 다 왔어. 조금만 참아."

"그 말이 벌써 몇 번째인 줄 알아? 지금까지 해서 모두 네
번……!"

위지극은 툴툴대다 말고 고리눈을 치켜뜬 우희명을 보고
는 급히 입을 다물었다.

'후, 그냥 올라가면 안 되나.'

할 수 없이 그는 속으로 구시렁거렸다.

멀리서 본 육문산은 커다랗기는 했지만 높아 보이진 않았
다.

굳이 경공이 없어도 한 시진이면 너끈히 정상에 다다를 것
만 같았다.

하지만 그것은 크나큰 오산이었다.

새벽 일찍 출발해 지금 해가 중천에 있으니 거의 세 시진이
지난 셈이다.

그런데도 정상은 멀어 보였다. 물론 우희명은 다 왔다고 했
지만 말이다.

이는 모두 그녀 때문이었다.

그냥 일직선으로 주욱 올라가면 될 것을 굴을 통과하고 사
람 한 명 지나가기도 힘든 빼곡한 대나무 숲을 지났으며, 방
금 전에는 암벽까지 기었다.

자신도 그녀가 왜 이런 길을 택해서 가는지 모르지는 않았다.

이것이 삼엄한 경비에 들키지 않고 사대봉공을 만날 수 있는 유일한 방법임을 이미 알고 있었다.

한데 이렇게 힘이 들어서야…….

무엇보다도 도둑처럼 숨어들어 가는 게 위지극으로서는 영 불만이었다.

그가 육문산에 온 가장 큰 이유는 사대봉공보다 적존교주를 만나기 위함이었다.

교주를 대면하고자 하는 사람이 이 무슨 부끄러운 짓이란 말인가. 그러나…….

바로 어제 저지른 일이 있었으니 조심해야만 했다.

삐쳐 있는 우희명은 정말로 무섭고 두려웠다.

그렇게 속으로 불만을 삭이며 산에 오르기를 다시 한 시진, 드디어 사대봉공의 거처인 마령곡 초입에 도착했다.

"여기야!"

우희명이 환한 얼굴로 위지극을 돌아보다 그의 입이 한 뼘이나 튀어나와 있는 것을 보고는 달래듯이 어깨를 토닥거렸다.

"알았어, 알았어. 어쨌든 무사히 왔으니까 됐잖아. 응?"

"여기가 마령곡인가 보지?"

위지극은 주위를 둘러봤다.

마령곡이라기에 무시무시하고 음침한 기운이 흐르고 있을 거라 예상했던 그는 다소 의외란 표정을 지었다.

그도 그럴 것이, 이곳은 여타 다른 계곡들과 하나도 다르지 않았다.

산새 소리도 간간이 들려왔고 눈부신 햇살도 내리쬐고 있었다.

"맞아."

우희명이 고개를 끄덕였다.

"조금만 더 가면 그분들의 거처가 보일 거야."

과연 그녀의 말대로 얼마 지나지 않아 돌벽 아래로 늘어선 네 개의 모옥이 나타났다.

우희명은 지난번의 기억을 떠올리며 모퉁이를 돌아섰다.

아니나 다를까, 예전과 똑같은 모습으로 두 사람이 바둑을 두고 있었다.

바로 극뢰권마와 사혼도마!

그중 극뢰권마는 잔뜩 미간을 찌푸린 채 바둑판을 쳐다보고 있는 중이었는데, 그녀가 나타나자 얼굴에 화색을 띠며 벌떡 일어섰다.

"계집아! 왔느냐?"

마치 오랜만에 찾아온 딸아이를 맞이하는 아버지처럼 그는 번개처럼 날아오더니 그녀 앞에 섰다.

그의 뒤로 미미하게 얼굴을 찌푸리는 사혼도마의 모습이

보였다.

"혹시 두 분의 대국에 제가 방해가 되었나요?"

우희명이 조심스럽게 묻자 극뢰권마는 거칠게 고개를 내저었다.

"아니다, 아니야. 대국은 무슨. 심심해서 한판 뒀을 뿐이다."

"그래도 저기, 도마 어르신 표정이 좋지 않으신데……."

"하하하, 너는 신경 쓸 것 없다. 그보다……."

그는 위지극의 아래위를 훑어보며 말을 이었다.

"이 아이가 일전에 말했던 그 아이냐?"

"맞아요."

"오호~"

우희명의 대답에 그가 고개를 주억거리더니 다시 위지극을 쳐다봤다.

두 사람의 눈빛이 허공에서 얽히는 그 순간, 극뢰권마는 묘한 느낌을 받았다.

'이상해. 초면일 게 분명한데도 왠지 모르게 낯이 익어.'

그는 잠시지간 기억을 더듬어보았으나 그 이유를 찾을 수 없었다.

"위지극이라 합니다."

위지극이 먼저 포권을 취했다.

상대는 비록 적존교의 사대봉공이므로 적이라 할 수 있었으나, 무림의 선배이면서도 연장자인 것 역시 분명한 사실이었다.

"나는 극뢰권마라 한다. 그러나 나를 아는 사람들은 편하게 권마라 부르지."

그가 히죽거리며 대답해자 위지극은 그를 빤히 응시하다가 물었다.

"하면, 성함이 어찌 되시는지요?"

"……!"

순간 극뢰권마의 눈이 한차례 번뜩였다.

"극아!"

위지극의 예기치 못한 질문에 우희명이 깜짝 놀라 소리쳤다.

그러나 위지극은 오직 극뢰권마만을 바라보고 있었다.

극뢰권마는 무서운 눈빛으로 위지극을 노려보다가 이내 한쪽 입가를 비스듬히 말아 올리며 대답했다.

"주희선(周喜鮮). 그게 내 이름이다."

그의 말이 떨어지자 위지극은 난처한 기색을 보였고, 우희명은 눈을 동그랗게 떴다.

주희선은 여자의 이름이 아니던가.

"본의 아니게 실례를 했습니다. 용서하시기 바랍니다."

위지극이 다시 정중히 포권을 취하며 허리를 숙이자 극뢰권마는 손을 내저었다.

"됐다. 어찌 됐든 네놈 덕분에 그동안 잊고 지내던 내 이름이 떠올랐어."

그는 눈빛을 번뜩이던 잠시 전에 비해 기분이 나아진 듯 보였는데, 이에 우희명은 속으로 가슴을 쓸어내릴 수 있었다.

사대봉공은 적존교의 일반 무인들은 감히 쳐다보지도 못할 정도로 지고한 존재다.

감히 그 누가 있어 당당히 이름을 물을 수 있단 말인가.

우희명조차 그의 본명을 듣는 것이 처음이었다.

"그나저나 계집아, 이놈 이미 무공을 익혔는데?"

"당연하죠. 감히 권마께 문외한을 소개시켜 드릴 수는 없잖아요."

우희명이 방긋 웃으며 대답하자, 극뢰권마의 표정이 야릇하게 변했다.

"그야 맞는 말이긴 하다만, 이건 너무 괴상한걸……."

"뭐가요?"

"정말 몰라서 묻는 게냐?"

우희명이 여전히 모르겠다는 눈치이자 위지극이 넌지시 입을 열었다.

"선천진기 때문에 그러십니까?"

"오호! 알고 있었구나."

"제가 모를 리 있겠습니까."

"그럼 한번 대답해 봐라. 어디서 그런 괴상한 심공을 익혔느냐?”

위지극은 가벼운 미소를 지었다.

극뢰권마는 확실히 지금까지 만났던 무인들과는 달랐다.

자신의 선천진기를 알아본 이는 지금까지 두 명이다. 그중 북무림회주는 위험한 무공이라 하였고, 적룡대주는 어리석은 무공이라 했다.

하지만 극뢰권마는 어디서 익혔냐고만 물었을 뿐, 선천진 기를 사용한다는 것에 대한 위험성은 전혀 고려하지 않는 듯 보였다.

“죄송하지만, 말씀드릴 수 없습니다.”

“비밀이다, 이거냐?”

극뢰권마의 한쪽 눈가가 씰룩였다.

“그럼 내 직접 알아내 보마.”

그는 말을 끝내자마자 번개처럼 오른손을 내밀었다.

전광석화란 말이 무색할 정도의 빠름이었다.

덥석.

결국, 위지극은 아무런 저항도 하지 못한 채 완맥을 잡히고 말았다.

“뭐 하시는 거예요!”

우희명은 위지극이 제압당하자 상대가 권마라는 사실도 잊고 빽! 하고 소릴 질렀다. 그러나 위지극이 한 손을 들어 올려 말렸다.

그는 의외로 담담한 표정이었다.

오히려 이상한 것은 극뢰권마의 반응이었다.

그의 인상이 조금씩 찌푸려지고 있었던 것이다.

그는 위지극의 내기를 직접 살펴본다면 그가 익힌 무공의 실마리를 능히 알아낼 수 있을 거라 생각했다.

그러나…….

'뭐지, 이게……?'

내기를 살피기는커녕, 자신의 진기는 위지극의 팔 언저리에서 맴돌기만 했다.

마치 거대한 벽이 외부의 침입을 막고 있는 듯한 형상이었다.

극뢰권마의 의문은 더욱 커져 갔다.

이런 형태라면 타인의 진기를 막아내는 데에는 효율적이겠지만, 본연의 진기 역시 소통이 되지 않기 때문에 위험하기 짝이 없는 일이었다.

진기란 항상 전신을 휘돌고 있어야만 한다.

그것은 심공을 익히지 않은 사람 역시 마찬가지다.

진기가 무인에 비해서 미약하기는 할지언정 존재하지 않는 게 아니다.

그런 진기는 잠을 잘 때조차 전신을 돌며 생명을 유지시킨다.

만약 진기의 멈춤이 일정 시간 지속된다면 생명을 잃을 수밖에 없는 것이다.

그런데 위지극은 그런 진기가 팔 언저리에서 거대한 벽으로 가로막혀 있었다.

극뢰권마는 다시 생각했다.

절대 일어날 수 없는 일이 일어났을 때에는 그만한 이유가 있으리라.

또한 이를 해결할 수 있는 다른 길이 있으리라.

아니나 다를까, 극뢰권마는 얼마 지나지 않아 고개를 끄덕이며 손을 거두었다.

"너의 진기는 한 곳에 있지 않구나."

위지극은 대답 대신 미소를 지었다.

그는 그런 위지극을 빤히 바라보다 호탕하게 소리쳤다.

"놀랍군, 정말 놀라워."

극뢰권마는 진심으로 놀라웠다.

진기를 여러 곳에 모으는 심공이 아예 없는 것은 아니다.

하지만 그러한 심공조차도 지금의 위지극처럼 신체를 절단하듯이 진기를 나누지는 못한다.

그 이유는 실로 간단한데, 그러면 생명이 끊어지기 때문이다.

더욱 놀라운 점은 그런 진기가 팔 안쪽에서는 정상정인 움직임을 보인다는 것.

마치 팔이 하나의 독립된 생명을 가진 것과도 같은 모습이었다.

이게 대체 가능한 일인가?

그 역시 위지극을 보기 전까진 불가능하다 생각했으나 지금은 완전히 바뀌었다.

"이봐, 도마! 이리 좀 와봐. 대단한 걸 발견했어."

극뢰권마가 부르자 사혼도마는 자리에서 고개만을 돌려 그를 쳐다봤다.

"왜 그러시오?"

"아무튼 와보라니까. 이 아이 내공이 괴상해."

그는 위지극에게 잠시 시선을 주더니 대답했다.

"난 됐소."

그는 극뢰권마와는 달리 위지극에게 별 관심이 없어 보였다.

극뢰권마가 다소 의외란 표정을 짓자, 사혼도마의 입이 다시 떨어졌다.

"그 아이는 나의 상대가 아니오."

"지금 그 얘기가 아니라……."

"나는 오직 나의 도를 받아낼 수 있는 자에게만 관심이 있소."

그의 말은 너무나 확고해서 괜히 극뢰권마만 머쓱해졌다.

"젠장, 누가 자네보고 칼부림하랬나, 한번 와서 보라고 한 것뿐인데 성질하고는……."

그는 투덜대다가 위지극의 어깨를 두드리며 달래듯이 미소 지었다.

그는 만족스러웠다.

소교주가 가르칠 만한 친구를 데려온다고 했을 때만 해도 큰 기대를 하지 않았건만 아주 재미있는 놈을 물어왔기 때문이다.

자신이 모르는 심법을 익혔다.

그거면 충분했다.

그는 일전에 우희명에게 말한 바와 같이, 이곳의 생활에 무료함을 느끼던 참이었다.

사대봉공이라는 높은 직위에 있지만 하는 일은 오직 다른 세 명의 봉공과 함께 무공을 익히는 것뿐이었다. 단 하나의 목표를 향해.

하지만 세월이 흐르면 사람도 변한다고 했던가. 최근 들어서 그 의지가 예전만 못하게 되었다.

무공은 벌써 몇 해째 답보 상태였고, 연공 중에도 과거 젊었을 때의 추억에 잠기기 일쑤였다.

그는 다른 사람들에게 티를 내지 않았지만, 스스로 깨닫고 있었다.

이대로는 오래 버티지 못할 것임을.

색다른 변화가 없이는, 정신도 몸도 말라 비틀어 죽을 것임을 말이다.

그러던 차에 위지극의 등장은 마른 사막에서 발견한 샘물과도 같았다.

제자를 들인다.

생각만 해도 의지가 횃불처럼 끓어올랐다.

게다가 자신의 제자가 될 아이는 특이한 심법마저 익히지 않았는가?

만약 극뢰권마가 아닌 다른 이였다면 그런 사실이 껄끄러웠을지도 몰랐다. 하지만 그는 오히려 그런 점에 더욱 흥미가 일었다.

이유는 단순했다.

바로 재미있을 것 같아서다.

어찌 재미있지 않겠는가, 수십 년을 익혀온 무공 외에 다른 것을 접하게 되었으니 말이다.

그는 위지극을 제자임과 동시에 친구로 삼을 생각이었던 것이다.

"너는 저 친구의 말에 신경 쓸 것 없다. 나보다 나이는 어리지만 성질이 더 괴팍하거든. 여기서 지내다 보면 너도 차차 익숙해질 거다."

그는 이미 위지극을 제자로 삼은 듯했다.

우희명도 극뢰권마의 말속에서 그의 의중을 읽고는 눈을 빛냈다.

하지만 이어지는 위지극의 대답은 그런 그녀의 화사한 얼굴빛을 단번에 바꾸어놓기에 충분했다.

"저는 이곳에 오래 있지 않을 것입니다."

위지극의 대답에 극뢰권마가 멍하니 우희명을 쳐다보자 그녀가 발끈해서 소리쳤다.

"무슨 소리야!"

"미안하지만, 방금 말한 대로야."

"그럼 뭐 하러 여기까지 따라온 건데?"

우희명이 씩씩대자 위지극은 다소 난처한 표정으로 입을 열었다.

"실은… 네 아버지를 만나뵙고자 해서였어."

"뭐야?"

그녀는 눈을 동그랗게 떴다.

그러더니 다급하게 고개를 저었다.

"안 돼, 절대 안 돼."

그것만은 절대 안 됐다.

가면 죽는다.

이미 아버지는 성천자에 대해 척살령을 내렸다고 하지 않았던가.

아버지는 한번 한다고 입 밖에 내뱉은 말을 되돌리는 법이 없었다.

위지극이 살아남을 수 있는 길은 단 하나다.

바로 흑령을 이겨내는 것!

흑령을 이기면 혼인을 시켜주겠다고 이미 약조했기 때문이다.

아버지도 그 약조를 깨지는 않을 것이다. 비록 상대가 위지극, 즉 성천자라 할지라도.

그러니 더욱 극뢰권마의 제자로 들어가야만 했다.

하지만 위지극 역시 고개를 저었다.

"가서 말씀드릴 거야. 이런 싸움을 그만둬 달라고."

"미쳤어? 네가 잘 몰라서 그런 말을 하는 거야, 아버지가 어떤 분인지를!"

위지극이 뭐라 다시 입을 열려던 차에 옆에 있던 극뢰권마가 끼어들었다.

"소교주의 말이 맞다."

"무엇이 맞다는 것입니까?"

"너는 우백이란 사람을 모른다. 보아하니 교주가 강호에 피바람을 일으키고 있는 것이 마음에 들지 않아 의협심에 나서려는 모양인데, 그건 너무나 어리석은 생각이야."

위지극의 표정이 미미하게 찌푸려졌다.

"그분이 제 말 한마디에 그만두지 않으리라는 것은 알고 있습니다. 하지만 제게도 생각이 있습니다."

"생각?"

그는 위지극을 신기하다는 눈빛으로 바라보다가 느닷없이 대소를 터뜨렸다.

"으하하하, 생각? 내 장담하건대, 너는 그 생각을 말하기도 전에 이미 시체로 변해 있을 거다."

그는 무엇이 그리 즐거운지 한참을 크게 웃다가 다시 말했다.

"그와 독대하기 위해서는 적어도 한 가지가 필요한데, 너에겐 그게 없어."

위지극은 사정을 알지도 못하는 그가 자신을 무시하듯 말하자 내심 기분이 상했지만, 묻지 않을 수 없었다.

"그게 무엇입니까?"

그는 위지극의 속마음을 꿰뚫어 보려는 듯 조용히 응시하다가 이윽고 의미심장한 미소와 함께 말했다.

"무력이다."

"……."

"그와 대등하게 말을 나눌 수 있을 만큼의 무력. 그것이 없다면 만나지 않는 게 상책이야. 네가 아무리 소교주와 친분이 있어도 마찬가지다. 설마하니 네가 교주에 맞설 정도로 강하다고 생각하고 있지는 않겠지?"

물론 아니다.

자신 역시 그 정도도 모르진 않는다.

교주는 둘째 치고, 지금 눈앞에 있는 극뢰권마만 하더라도 감당할 수 있다 말하기 힘든 고수였다.

지금까지 급속도로 높은 성취를 이루긴 했으나, 아직 적존교의 사대봉공을 상대하기에는 모자람이 있었다.

위지극이 잠자코 있자 극뢰권마는 말을 이었다.

"하나, 방법이 없는 건 아니다."

"……?"

"나와 함께 삼 년만 있어라. 그러면 내 너를 그만한 고수로 만들어주겠다. 다행히도 너는 꽤 높은 수준에 이미 도달해 있으니 말이다."

"안 돼요!"

"또 뭐가 안 된단 말이냐?"

우희명이 끼어들자 극뢰권마가 고리눈을 치켜떴다.

그는 우희명이 자신의 능력을 의심하고 있다고 생각했다.

우희명은 단호하게 말했다.

"열 달 안에 끝내야 돼요."

"열 달?"

의외의 대답에 극뢰권마가 커다란 두 눈을 깜빡였다.

"그래요. 그 안에 끝마치지 않으면 아무 의미도 없어요."

"이봐, 계집아. 넌 네 아비가 어떤 사람인 줄 알면서도 그런 소릴 하는 거냐?"

"알아요. 그래도 해주셔야만 해요. 그렇지 않으면……."

"그렇지 않으면?"

우희명은 잠시 얼굴을 붉히더니 뾰쪽한 목소리로 소리쳤다.

"아무튼 그런 게 있어요!"

"허허, 이거참."

그는 한동안 어이없다는 듯이 웃다가 결국 크게 고개를 끄덕였다.

"좋다, 열 달. 까짓것, 죽을 각오로 하면 설마하니 못하겠느냐."

"감사드려요, 권마 어르신."

우희명이 기쁜 표정으로 허리를 숙였다.

극뢰권마도 그런 우희명을 보며 해맑은 미소를 지었다.

새로운 목표가 생겨나자 힘이 나는 듯 보였다.

하지만…….

"저기……."

위지극이 조심스럽게 말을 꺼냈다.

"어르신의 말씀은 감사합니다만, 저는 어르신의 제자가 되고 싶은 마음이 없습니다."

"뭐라? 다시 한 번 말해봐라."

갑자기 극뢰권마의 음성이 싸늘해졌다.

위지극의 대답 여하에 따라 목이라도 칠 기세였다.

하지만 위지극은 예의 침착한 음성으로 말을 이었다.

"저에겐 이미 스승이 계십니다. 그리고 제가 아직 미숙하여 그분의 무공을 제대로 펼치지 못해 약할 뿐이지, 만약 대성한다면 그때는……."

"그때는 뭐냐? 계속 해봐라."

위지극은 잠시 망설이다가 조용히 입을 열었다.

"감히 적수가 없을 것이라 믿고 있습니다."

"그 말은, 나도 상대가 되지 못한다, 이 뜻이렸다?"

위지극은 대답하지 않았다.

하지만 그 의미를 파악하지 못할 정도로 아둔한 이는 이 자리에 한 명도 없었다.

바둑판을 내려다보고 있던 사혼도마의 입꼬리가 미세하게 치켜 올라갔다.

위지극이 방금한 말.

그것은 예전에 자신이 했던 것과 크게 다르지 않았다.

희대의 도법으로 일컬어진 일월사혼도법을 얻었을 때 자신이 그랬다.

이것을 극성으로 익히면 천하제일인이 될 수 있다.

결코 믿어 의심치 않았다.

그러나…….

생각과 현실은 엄연히 달랐다.

하나의 무공을 극성으로 익힌다는 것은 절대 말처럼 쉽지 않았다.

무공 자체가 아무리 강하다 해도 펼치는 이에 따라 천차만별이다.

무공의 강함 역시 중요하지만, 그것을 얼마나 제대로 익혀

내느냐 하는 것도 그만큼이나 중요하다.

'어리석은 놈.'

그는 고개를 설레설레 저었다.

위지극의 나이는 어리다.

저만한 나이 대에는 충분히 그런 실수를 할 수 있다.

하지만 또 다른 이유에서 사혼도마는 위지극이 어리석다라는 생각을 떨쳐 낼 수 없었다.

위지극의 말속에는 극뢰권마의 무공보다 자신이 익힌 무공이 더 훌륭하다는 뜻이 들어 있었다.

무공 자체의 높낮음을 감히 누가 있어 비교할 수 있단 말인가.

일례로 극뢰권마의 권, 무공의 이름은 그가 말하지 않아 알 수 없겠지만, 그 가공할 권법은 자신의 일월사혼도법에 필적한다.

자신이 반수 앞설 때도 있고, 반대로 반수 뒤질 때도 있다.

그럼 그의 권법과 자신의 일월사혼도법 중 어느 무공이 더 강한 것인가?

이는 그 누구도 쉽사리 결정할 수 없는 문제다.

행여나 있다면 그것은 두 무공을 모두 섭렵한 자여야만 하는데, 이는 절대 불가능한 일이었다.

"네놈의 사부가 대체 누구냐? 그리고 그 대단한 무공이 무엇이냐? 내 기필코 알아야겠다."

극뢰권마의 시퍼런 눈빛을 마주하면서도 위지극은 굽히지
않았다.

"말씀드릴 수 없습니다."

"그래? 과연 그 고집이 얼마나 가는지 두고 보겠다."

말을 하며 극뢰권마가 한 걸음 내딛었다. 그 순간,

화악!

극뢰권마의 전신에서 폭풍 같은 기세가 일어나더니 위지
극을 향해 몰아쳐 갔다.

파파파팟.

흙먼지가 허공으로 치솟고 위지극의 옷이 찢어질 듯 펄럭
였다.

"다시 한 번 묻겠다. 네놈의 사부가 누구냐!"

그가 잡아먹을 듯이 으르렁거리며 우수를 들어 올렸다.

하지만 위지극은 물러서지 않았다.

"말씀드릴 수 없……."

"이놈!"

위지극의 말이 끝나기도 전에 극뢰권마의 우수가 벼락처
럼 앞으로 뻗어 나왔다.

위지극은 그의 손을 바라보며 한순간 움찔했으나 미처 피
하지 못하고 가슴을 격타당하고 말았다.

퍼엉!

"악!"

가죽 북 터지는 소리와 함께 여인의 비명 소리가 터져 나왔다.

그것은 느닷없는 극뢰권마의 출수에 우희명이 내지른 비명 소리였다.

교의 최고수라 할 수 있는 사대봉공의 장에 그대로 적중당했으니, 죽음을 면키 어려우리라 생각했기 때문이다.

"흐으으음……."

그러나 그녀의 예상과 달리 위지극은 두 걸음 비틀거리며 물러서더니 가벼운 신음 소리와 함께 허리를 폈다.

그의 안색이 조금 파리하게 변하기는 했지만, 큰 부상을 당한 것처럼 보이진 않았다.

오히려 안색은 우희명이 더 좋지 못했다.

그녀는 보기에 안쓰러울 정도로 핼쑥한 모습이었다.

"괘, 괜찮아?"

떨리는 우희명의 물음에 위지극은 천천히 고개를 끄덕였다. 하지만 눈은 여전히 극뢰권마를 향한 채였다.

극뢰권마의 입가에 비릿한 미소가 떠올랐다.

"네 나이를 생각한다면 확실히 큰소리 칠 만한 공력이구나. 하지만 사정을 봐주는 것도 이번으로 끝이야. 마지막으로 묻겠다. 사부가 누구냐?"

그의 우수가 점차 거뭇거뭇해지는가 싶더니 칠흑처럼 시커멓게 변했다.

우희명은 그가 이번엔 살수를 쓰려 한다는 것을 깨닫고는 다급하게 위지극을 달랬다.

"제발 말해줘. 그렇지 않으면……."

하지만 위지극은 그녀의 말을 듣지 못한 듯 입을 굳게 다물고 있었다.

우희명은 답답하고 불안해 가슴이 터질 지경이었다.

도대체 사부를 밝히는 게 뭐 대단한 비밀이라고 저리 오기를 부린단 말인가.

"오냐. 사지가 부러지고 오장이 끊어져도 버텨낼 배짱이 있나 보겠다."

극뢰권마는 크게 소리치며 위지극에게 다시 한 걸음 다가섰다.

그리고 그의 우수가 가볍게 흔들렸다.

바로 그때,

굳게 다물고 있던 위지극의 입이 드디어 열렸다.

"어르신의 구성에 이른 흑혈뢰권(黑血雷拳). 확실히 지금의 저로서는 감당하기 힘들겠군요."

"뭐… 뭣!"

그 말에 막 출수하려던 극뢰권마의 우수가 덜컥 멈춰 섰다.

第四十一章
의외의 전개

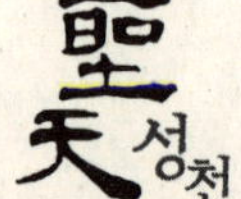

극뢰권마의 눈은 찢어질 듯 커져 있었다.

"너… 너… 방금 뭐라 했느냐!"

"하지만 그 무공으로는 극성에 이른다 해도 저의 무공을 이겨낼 수 없을 것입니다."

극뢰권마는 얼굴빛이 수차례 변하더니 느닷없이 위지극의 멱살을 움켜잡았다.

"네놈이 어찌 아느냐? 나의 흑혈뢰권을 네놈이 어찌 알아본단 말이냐!"

흑혈뢰권은 아무도 알지 못했다.

그도 그럴 것이, 그의 흑혈뢰권은 사부로부터 배운 것이 아니었다.

또한 중원의 무공도 아니었다.

그가 어렸을 때 살았던 천축, 그곳의 무공이었다.

우연찮게도 그는 삼백 년 전 멸망한 혈뢰사(血雷寺)의 최고 절기인 흑혈뢰권을 얻게 되었고, 절치부심 연마한 후 강호에 발을 들인 것이다.

강호에 들어선 후에도 그의 무공을 알아보는 이는 없었다.

그것은 적존교주나, 그를 이곳으로 보낸 이도 마찬가지였다.

세상에 오직 단 한 명, 그 자신만이 알고 있는 무공이 바로 흑혈뢰권이었다.

극뢰권마가 놀라는 이유는 단지 그것뿐만이 아니었다.

분명 위지극은 구성의 흑혈뢰권이라 했다.

더욱 이해할 수 없는 점이 바로 그것이었다.

어찌 자신의 성취까지 알 수 있는가?

이는 흑혈뢰권이라는 무공명을 아는 것과는 차원이 다른 문제였다.

방금 전 끌어올린 공력이 구성이었다면 그나마 나았다. 하지만 그것은 오성에 불과했다.

그러니 오성의 공력만을 보고 자신이 구성에 도달했음을 알았다는 것인데, 그게 과연 가능한 일인가?

자신을 훨씬 능가하는 고수라면 어쩌면 가능할 수도 있다.

만류귀종이라 했으니, 그 정도 경지에 이미 다다른 자라면 어쩌면 가능할 수도 있다.

하지만 위지극이란 이 아이는 자신의 일수도 막아내지 못하지 않았나?

굳이 그것이 아니라도 극뢰권마는 위지극이 자신의 상대가 되지 못한다는 것을 알아볼 수 있었다.

"어찌 알았냐니까!"

다시 극뢰권마가 윽박질렀다.

"그게 궁금하십니까?"

"그렇다. 그러니 바른대로 말하거라!"

"제 사부가 누군지는 궁금하지 않으시고요?"

"그것보다 지금은 내 무공에 대해 네가 어찌 알고 있느냐가 더 먼저야!"

위지극은 잠시 묵묵히 있다가 멱살을 쥐고 있는 그의 손을 잡고 넌지시 말했다.

"그러면 둘 중에 하나를 택하십시오. 한 가지는 말씀드리겠습니다. 대신 어르신께서도 제 부탁을 하나 들어주셔야만 합니다."

"네놈이 감히 나와 흥정을 하자는 것이냐?"

극뢰권마의 얼굴이 시뻘겋게 달아올랐다.

하지만 위지극은 태연히 고개를 끄덕였다.

"물론입니다. 아무리 제가 어리다 할지라도 세상엔 헛된

게 하나도 없다는 사실을 잘 알고 있습니다. 그러니 한 가지를 주고 한 가지를 얻고자 하니 매우 공평한 처사 아니겠습니까?"

"흥! 세상에 공짜는 없다는 소릴 돌려서 잘도 말하는구나."

그는 화가 치미는지 우장으로 땅바닥을 후려쳤다.

그러자 쾅! 하는 굉음과 함께 반 장에 이르는 구덩이가 생겨났다.

"만약 내가 거절한다면?"

"그러면 저에게 그 어떤 대답도 듣지 못할 것입니다."

당당하게 대답하는 위지극을 쏘아보던 극뢰권마는 한참만에야 멱살을 쥐고 있던 손을 풀며 투덜거렸다.

"너는 사람을 잘 선택한 줄 알아라. 만약 내가 아니고 저 친구에게 그런 말을 했다면 넌 이미 두 동강이 나 있을 거다."

위지극은 가벼운 미소를 지었다.

"결정하셨습니까?"

극뢰권마는 우희명을 한차례 바라보고는 한쪽 뺨을 씰룩이며 대답했다.

"오냐, 결정했다. 내가 묻고 싶은 것은 네가 어찌 나의 무공에 대해 아느냐는 것이다. 더불어 나의 성취까지 어떻게 꿰뚫어 봤는지 낱낱이 말해야 한다."

극뢰권마는 결국 두 번째를 택했다.

위지극의 사부가 누구인지도 물론 궁금했지만, 정작 불가

사의한 것은 후자였기 때문이다.

"좋습니다."

위지극은 크게 고개를 끄덕이고는 말을 이었다.

"흑혈뢰권에 대한 것은 사부님께 들었습니다."

극뢰권마는 이미 예상한 듯 표정에 변화가 없었다.

당연히 그랬으리라.

비록 비밀에 싸여 있던 천축의 무공이라지만, 누군가는 용케도 전해 들었을 수 있었다. 아마도 이 아이의 사부가 그런 운 좋은 사람이었을 것이다.

"그리고?"

"제가 어르신의 성취를 알 수 있었던 것은 바로……."

"……?"

극뢰권마는 더욱 귀를 기울였고, 위지극의 미소는 더욱 짙어졌다.

"사부님께서 알려주셨기 때문입니다."

"개소리!"

위지극의 말이 떨어지자마자 극뢰권마의 호통이 터져 나왔다.

"헛소리 말아라. 네 사부가 어찌 말해준단 말이냐!"

"사부님께선 제 머릿속에 살아 계시기 때문입니다."

"이, 이놈이. 그래도……."

"사실입니다. 제 말엔 추호의 거짓도 없습니다."

극뢰권마는 전신을 부르르 떨었다.

'이 무슨 개방귀 같은…….'

생각 같아서는 당장 쳐 죽이고 싶었다.

그러나 그럴 수 없었다.

위지극의 눈, 얼굴엔 미소를 짓고 있지만 두 눈만은 마치 고승의 그것처럼 맑고도 깊이 침잠되어 있었다.

저런 눈을 하고서 거짓을 말할 수 있는 자가 있다면, 그는 사람이 아니리라.

하지만 위지극의 말을 쉽사리 믿을 수도 없는 일이었다.

그때였다. 불현듯 그의 머릿속에 무언가가 떠올랐다.

'설마……?'

그는 급히 위지극에게 물었다.

"혹시 네 사부가 중이냐?"

하나 위지극은 고개를 저었다.

"제가 약조한 대답은 이미 다 했습니다."

"이것만 말해라! 내 다른 것은 일체 묻지 않으마."

위지극은 안 된다고 대답하려다가 그의 주름진 얼굴을 보고는 문득 안쓰러운 생각이 들었다.

사대봉공이라면, 우희명에게 들어서 익히 알고는 있었지만 적존교 내에서는 지고한 존재다.

그런 그가 이처럼 부탁을 하니 안쓰럽기까지 했다.

그리고 또 한 가지, 위지극의 눈에는 그가 마두로 보이지 않았다.

방금 전에는 분명 자신을 죽일 듯이 행동했지만, 그때도 왠지 겁이 나지 않았다.

그건 무공의 높고 낮음의 차이에서 오는 것이 아니라 몇 번 죽음을 겪어봤던 경험에서 오는 막연한 느낌이었다.

가공할 살기이긴 했으되, 두렵지 않은 그런 살기였다.

"죄송하지만, 사부님의 과거에 대해서는 저 역시 모릅니다. 그분이 어디 출신이신지, 아니면 과연 불제자였는지조차 말이지요."

"허!"

그는 허탈한 듯 잠시 하늘을 올려다보더니 버럭 소리쳤다.

"네놈이 아는 게 대체 뭐냐? 네 사부가 살았는지 죽었는지나 아냐?"

"맞습니다. 그것 역시 모릅니다."

"……."

극뢰권마는 어이없다는 표정으로 위지극을 쳐다보다가 한마디 했다.

"미친놈."

위지극은 웃음이 나오려 했다.

마두임에 분명한데도 그렇게 싫지 않았다.

그때였다.

"그럼 어디 한번 나의 도법도 맞추어보아라."

극뢰권마의 뒤, 그곳에는 사혼도마가 서 있었다.

*　　　*　　　*

좁은 길을 세 사람이 걷고 있었다.

그들은 백의 장삼을 입은 노인과 두 명의 죽립인이었는데, 노인은 장삼을 입었음에도 탄탄한 근육이 드러나 있었다.

"그곳엔 당신과 같은 사람들이 많소?"

노인이 죽립인 중 하나에게 물었다.

하지만 죽립인은 묵묵하니 걸을 뿐, 말이 없었다.

노인의 이마에 실주름이 생겨났다.

"사람이 물으면 대답을 해야 할 게 아니오!"

"도착하게 되면 알 일이오."

다른 죽립인이 한마디 하자 노인은 반색을 하며 다시 물었다.

"그럼 그곳에 그분도 계시오?"

"그분은 계시지 않소."

"하면 언제쯤이나?"

"나도 모르오. 그분은 바람과 같으시니 일 년이 될지, 이 년이 될지."

"뭐요?"

노인이 버럭 소리치며 걸음을 멈추자 죽립인들도 따라 멈취 섰다.

"그러면, 언제 올지 모르는 그… 그분을 기다리고 있어야 한단 말이오?"

"그것이 문제라도 되오?"

"당연하지 않소! 사죽림에 든 이유가 그분 때문인데 뵙지 못한다면……."

"그만."

조용히 있던 또 다른 죽립인이 노인의 말을 끊었다.

"주위에 사람이 없다고는 하나 입을 함부로 놀리지 말아야 할 거요."

"이… 무슨……."

"그리고 한 가지 말해두겠소만, 그대는 입림(入林)한 것이 아니오."

"헛소리! 분명 사죽림에 드는 것을 그분께 약조받았거늘."

"크크큭."

죽립인은 대답 대신 묘한 웃음소릴 냈다.

"왜 웃으시오?"

노인이 노한 표정으로 묻자 죽립인은 천천히 죽립을 들어 올려 그를 쳐다봤다.

죽립인의 입가에는 비웃음이 진하게 배어 있었다.

"당신 정도가 입림이 가능하리라 생각했단 말이지?"

"……!"

노인은 기가 막히는지 잠시 멍하니 있었다.

그러다가 얼굴을 붉히며 소리쳤다.

"그럼 지금까지 나를 농락했다는 것인가!"

"당신은 그곳에 대해 전혀 모르는군. 그러면서도 무당을 배신했으니, 참으로 대단해."

노인은 순간 분노가 일어 전신을 한차례 부르르 떨더니 싸늘하게 말했다.

"내가 당신보다 아래라 생각하시오?"

그의 주먹에는 점차 공력이 모이고 있었다.

한데 이를 본 죽립인이 오히려 더욱 큭큭대며 웃는 게 아닌가?

노인의 주먹에서 우드득 소리가 났다.

"나를 장문 사형처럼 만만히 봤다면 그건 오산이다."

불같이 무서운 눈빛으로 죽립인을 노려보는 노인, 그는 다름 아닌 무당을 배신하고 장문인을 죽음으로 내몰았던 정우자였다.

"아아, 당신은 크게 오해하고 있소."

"뭐가 말이냐!"

"그대는 물론 입림하지 못했지만, 그건 우리 역시 마찬가지니까 말이오."

"……!"

"놀라셨소? 입림은 아무나 하는 게 아니오. 입림은 그분께서 진정한 고수라 인정한 이들만이 하는 것이오.”

“그렇다면 당신들은 뭐요? 사죽림에 속하지 않는단 말이오?”

“물론이오. 우린 그저 그곳에 들기를 바라면서 수련을 하고 있는 것뿐이지. 그러나…….”

그는 잠시 말을 멈췄다가 피식하고 웃었다.

“그래도 우린 만족하오.”

“뭐가 말이오?”

“무공의 끝을 보려는 것, 그런 꿈을 가지고 있다는 사실이 어찌 만족스럽지 않겠소. 그리고 때가 되면 그분처럼…….”

그는 뭔가를 더 말하려는 듯했으나, 이내 고개를 저었다.

“당신도 차차 알게 될 것이오.”

하지만 죽립인의 말에도 정우자는 뭐가 뭔지 전혀 알 수 없었다.

그가 사문을 배신한 이유는 무당에 대한 정이 없다는 게 가장 큰 이유이기는 했으나, 그 외에도 강한 무공을 익힐 수 있다는 기대감도 있어서였다.

정우자는 사죽림의 림주란 사람을 보았다.

그리고 그의 무공을 보았다.

천외천(天外天)!

그는 사람이 아니었다.

사람이라면 결코 그런 무공을 펼칠 수 없었다.

림주의 무공을 본 순간 정우자는 강한 욕망에 사로잡혔다.

그리고 그를 따르기로 결정했다.

그렇게 무당을 뛰쳐나왔는데…….

'만나기조차 힘들다니…….'

정우자의 얼굴에 짙은 그늘이 드리워졌다.

낯선 목소리가 들려온 것은 바로 그때였다.

"이봐들."

"……!"

정우자는 소스라치듯 놀라 소리 난 곳을 쳐다봤다.

이 장여 떨어진 길가의 커다란 전나무에 등을 기대고 있는 중년인, 그는 팔짱을 낀 채 게슴츠레한 눈빛으로 정우자를 쳐다보고 있었다.

정우자는 급히 죽립인을 쳐다봤다.

혹시라도 그들이 아는 자인지 싶어서였다.

하나, 죽립인들도 묵묵히 그를 쳐다보고만 있었다.

'모르는 자인가?'

정우자는 은연중에 공력을 모으기 시작했다.

세 사람 중 그 누구도 그의 존재를 알아채지 못했다.

게다가 이렇게 가까운 곳에 있었으니, 자신들이 한 말을 모두 들었을 것이 분명했다.

"누구냐?"

죽립인 역시 긴장했음엔 분명했지만, 그의 음성은 여전히 느긋했다.

중년인은 팔짱을 풀더니 어깨를 한차례 으쓱거렸다.

"말해줘도 모를 텐데."

"말해봐라."

죽립인의 대꾸에 그는 머리를 긁적이더니, 희미하게 웃었다.

"유진량(炑震亮)."

죽립인들은 서로를 쳐다봤다.

유진량이란 이름은 처음 듣는 것이었다.

정우자도 기억을 더듬어봤으나 생소하기만 했다.

"거봐, 모를 거라고 했잖아."

유진량이라 자신을 밝힌 중년인은 허리를 한 번 곧추세우더니 그들을 향해 걸어왔다.

비틀거리듯 걷는 그의 모습은 몹시 특이하고도 괴상했다.

보법인가 하면 그것도 아니었다.

하지만 죽립인과 정우자는 그의 걸음걸이에서 묘한 현기를 느낄 수 있었다.

창!

죽립인들의 검이 동시에 뽑혀 나왔다.

정우자는 한 발 물러서며 주먹을 움켜쥐었다.

중년인의 정체가 무엇이 되었든 세 사람의 대화를 들은 이상 이 자리에 뼈를 묻어야만 했다.

유진량의 입가에 한줄기 미소가 피어올랐다.

"둔하진 않군그래."

무슨 뜻일까?

정우자의 생각이 채 끝나기도 전에 죽립인 둘이 튀어나갔
다.

파팟!

두 개의 가느다란 협봉검이 번개처럼 허공을 갈라갔다.

하나는 우상방을, 나머지 하나는 좌하방을.

마치 한 사람이 펼친 쌍검처럼 매섭고도 부드러웠다.

그러나,

사람의 신형이 그렇게 움직일 수 있는 것일까?

유진량이 걷는 그대로의 속도로 머리를 어깨에 붙이듯 꺾
고 한 다리를 들어 올리자 기다렸다는 듯이 그 자리를 검이
헤집고 지나갔다.

쉬익! 샤악!

'흡!'

정우자는 자신도 모르게 헛바람을 들이켰다.

저런 위급한 상황에서도 유진량의 미소는 사라지지 않고
있었고, 그 미소는 자신을 향해 있었기 때문이다.

'왜 나를……?'

두 사람의 시선이 마주친 순간, 유진량의 걸음걸이가 일변
했다.

화아아악!

그가 크게 한 걸음을 내딛자 흙먼지가 그를 중심으로 사방으로 솟구쳤고, 그의 등을 노리고 재차 날아들던 협봉검은 목표를 잃어버린 채 또다시 허공을 찔렀다.

뒤이어 유진량의 신형이 한차례 부르르 떨린다 싶은 순간 우측으로 튀어나갔다.

그 속도는 가공할 정도로 빨라서 정우자는 두 눈으로 쫓기도 벅찰 정도였다.

한데 그가 놀라기에는 이른 것이었다.

지면을 비스듬히 치고 올라가던 유진량이 허공을 한 번 차더니 그대로 정우자의 등 뒤로 돌아가는 게 아닌가!

"컥!"

정우자의 입에서 탁한 비명이 튀어 나왔다.

어느새 그는 무당의 고수답지 않게 뒷목을 유진량의 손에 잡힌 채 뻣뻣하게 굳어 있었다.

"대운룡삼식!"

죽립인 중 하나가 놀라 소리쳤다.

"아직도 이걸 알아보는 사람이 있었나?"

"너는 곤륜의……."

'곤륜……?

정우자는 유진량에게 제압당해 있으면서도 의아함을 감추지 못했다.

그도 대운룡삼식이 무엇인지는 안다.

곤륜파의 삼대신법 중 가장 최상위의 신법.

다만 유진량이 펼친 것이 과연 그것인지는 확신하지 못했다.

'말도 안 돼.'

곤륜파는 강호에서 사라진 지 오래다.

한때는 구파일방에 드는 명문대파였으나, 내부 분란으로 인해 폐망한 지 벌써 이백 년째다.

죽립인의 말이 사실이라면 아직도 그 명맥이 이어오고 있었단 말인가?

죽립인들은 약속이나 한 듯 동시에 죽립을 벗었다.

그들의 죽립이 땅에 떨어지고 진면목이 드러났다.

쌍둥이.

길쭉한 얼굴에 냉막한 표정의 그들은 둘이 한 사람인 듯 똑같았다.

"드디어 만났군."

"어라? 나를 알아?"

유진량이 고개를 갸우뚱거렸다.

"그분께서 말씀하신 적이 있지. 성천에는 곤륜의 제자가 있다고."

"뭐… 뭣!"

정우자의 얼굴이 경악으로 물들었다.

"그럼, 이자가 성천자란 말이오?"

듣던 바로는 약관에 이르지 못한 소년이라고 했는데 지금 이자는 아무리 봐도 사십은 되어 보이지 않은가?

"하하하, 아마도 너희들이 말하는 성천자는 내가 아닐 거야. 그러나……."

유진량은 정우자의 고개를 돌려세워 눈을 마주쳤다.

"내가 그곳에서 온 것은 맞는 말이야."

성천!

정우자의 눈빛이 심하게 떨리기 시작했다.

두려울 것 없이 무당을 뛰쳐나왔지만, 막상 이렇게 성천의 인물을 대하고 보니 두렵지 않을 수가 없었다.

무려 오십 년이나 무공을 닦았건만 단 한 수에 제압당하지 않았는가.

"나는 윤사도다."

"나는 윤사덕이다."

갑자기 죽립인들이 소리치자 유진량이 미간을 찌푸렸다.

"누가 자네들 이름을 물어봤나?"

"그토록 고대하던 성천의 인물과 생사를 결하게 되었으니 통성명은 해야겠지."

윤사도가 싸늘히 말했다.

하지만 유진량은 고개를 저었다.

"나는 그대들에게 볼일 없어."

"……?"

윤사도는 당연히 유진량이 자신들을 찾아왔으리라 생각하고 있었다.

불공성천이라는 글을 시신에 새긴 것은 자신들이었으니 말이다.

한데 유진량은 시선을 정우자에게 주고 있었다.

"나는 이 친구 때문에 온 거야."

"나… 말이오?"

"그래. 네가 우탁(宇卓)을 죽이지 않았나?"

이때만큼은 장난스러워 보이던 유진량의 얼굴이 한없이 근엄해 보였다.

"우… 탁?"

순간 정우자는 당황스러웠다.

우탁이라니, 그가 누구인가?

잠시 기억을 더듬던 그는 불현듯 그 이름을 기억해 내고는 믿을 수 없다는 눈으로 유진량을 쳐다봤다.

"장… 문 사형?"

"그 아이가 장문인이 되었었나?"

"아이?"

우탁은 바로 현우자가 도호를 받기 전까지 사용하던 이름이었다. 그래서 쉽게 기억하지 못했던 것이다. 한데……

'장문 사형을 아이라 칭하다니, 도대체 이자는 나이가 얼

마나 되기에……’

유진량은 마흔 정도로밖에 보이지 않았으니 그의 의문은 당연한 것이었다.

유진량의 말이 이어졌다.

“너 같은 놈은 무당파의 제자가 될 자격이 없다. 어쩌면 이렇게 도망나온 것이 무당파로서는 다행일지도 모르지. 하지만 한 가지, 그 아이에겐 손대지 말았어야 했다.”

“장문 사형을 잘 아시오?”

유진량의 눈이 무섭게 빛이 났다.

“잘 알지. 불쌍한 녀석. 그는 무오의 가장 아끼는 제자이자…….”

“사숙조?”

“죽기 전의 선물인 셈 치고 말해주지. 우탁은 무오의…….”

그의 뒷말은 윤씨 형제들에겐 들리지 않았다.

하지만 정우자에겐 똑똑히 들렸다.

그의 머릿속으로 바로 전달됐기 때문이다.

“그게 정말이오……?”

그가 재차 묻자, 유진량은 고개를 끄덕이고는 정우자의 목을 쥔 손에 힘을 주었다.

“그러니 무오를 만나게 되면 반드시 사죄하거라.”

유진량의 손에서부터 발출된 강하고도 부드러운 진력이

정우자의 전신을 휘저었다.

그것이 마지막이었다.

유진량은 정우자의 시신을 땅에 내려놓았다. 그리고 진형을 갖추고 있는 두 사람을 바라봤다.

"내 볼일은 이제 끝났는데, 자네들은 아직 남아 있나?"

"당연한 말을."

윤사도가 내뱉듯이 말했다.

지금까지 얼마나 기다렸던가.

사죽림주의 명으로 불공성천이란 네 글자를 시신에 새기고 다녔지만, 영 내키지 않는 일이었다.

굳이 그렇게 밝히지 않았어도 성천 따윈 애초부터 두려워하지 않았다.

실체를 봤어야 두려워하고 말고 할 게 아니겠는가.

뛰어난 실력을 지니고 있다는 사실은 방금 전에 몸소 겪어봤으니 확인했다.

하지만 그건 단지 확인한 것일 뿐, 일전이라 칭할 수 없는 것이었다.

이 자리에서 그동안 닦은 무공을 모조리 펼쳐 주리라.

그래서 당당히 이자를 꺾고 입림할 것이다.

윤사덕도 옆에서 거들었다.

"우리의 볼일은 당신을 죽이는 것이야."

그의 전신에서는 진득한 살기가 뭉클거리며 피어오르고

있었다.

"그거야 댁들 사정이고, 나는 할 일을 끝마쳤으니 이만 가봐야겠어."

유진량은 그 말을 끝으로 신형을 돌려세웠다.

"어딜 가려고!"

윤사도가 그의 등을 노리고 검과 함께 몸을 날렸다. 그러나,

휘익!

가벼운 바람 소리가 들린다 싶은 순간 유진량의 신형이 그 자리에서 사라져 버렸다.

"비겁한!"

윤사덕이 노해 소리쳤으나 유진량은 이미 그에게서 십여 장이나 멀리 떨어진 후였다.

그는 힐끗 뒤돌아보더니 아무런 말도 없이 그대로 달아나 버렸다.

윤씨 형제는 그렇게 점으로 사라져 가는 유진량을 멍하니 바라보고 있었다.

*　　*　　*

흑령은 술을 마시고 있었다.

그 하나로 인해 이곳, 적존교 내에서 가장 큰 주루인 망극

주루는 정적만이 흐르고 있었다.

술은 기분이 좋을 때는 더욱 좋게, 우울할 때는 더욱 우울하게 만드는 힘이 있다.

그래서였을까, 술잔을 기울이는 그의 표정은 술을 들기 전보다 더욱 딱딱했다.

탕!

흑령은 거칠게 술잔을 내려놓고는 다시 술을 따랐다.

그의 손이 분노로 부들부들 떨렸다.

'그 자식이.'

생각할수록 화가 치밀었다.

사매의 마음을 빼앗은 자, 그자가 바로 다름 아닌 성천자였다.

미리 알고 있었다면 그 자리에서 죽였을 것이다.

아무리 사매의 마음에 들었다고는 하나 성천자라면 이야기가 달랐다.

하지만 그러지 못했다.

그가 자신의 괴정마안을 꿰뚫어 봤기 때문이다.

괴정마안을 그토록 잘 알고 있으니 사죽림의 인물일지도 모른다 판단했고, 그 때문에 물러섰다. 그런데…….

"개 같은 자식! 나를 속여?"

실상은 자신 혼자 멋대로 착각했기에 벌어진 일이었지만, 그는 그런 것까지 생각하지 않았다.

“여기 술을 더 내와라!”

단숨에 잔을 들이켠 흑령은 고개를 푹 숙이며 크게 소리쳤다.

낮으면서도 걸걸한 목소리가 들린 것은 그때였다.

“낮부터 술을 드시고 계시군요. 뭔가 걱정거리라도 있으십니까?”

목소리의 주인을 알아챈 흑령은 번쩍 고개를 치켜들었다.

탁자 앞에는 어느새 나타났는지 사사가 서 있었다.

“그대가 상관할 일이 아니오.”

평소 사사를 탐탁지 않게 여기던 흑령은 그의 등장에 기분이 더욱 언짢아졌다.

하나 사사는 이를 아는지 모르는지 오히려 그의 앞에 의자를 놓고는 앉았다.

그의 행동을 말없이 지켜보던 흑령이 인상을 구겼다.

“앉아도 좋다고 한 적이 없소만?”

“하하하, 다른 때라면 응당 물러났을 것입니다. 하지만 오늘은 안 되겠군요.”

흑령이 눈을 슬쩍 치켜떴다.

“내게 할 말이 있으시오?”

“그렇습니다.”

하지만 그 후로도 한동안 사사는 묵묵히 흑령을 바라보고만 있었다.

기다리다 못한 흑령이 뭐라 할 찰나였다.

"위지극이란 청년 때문입니까?"

"......!"

흑령은 순간 멈칫했다가 이내 고개를 돌렸다.

"과연 사사는 모르는 것이 없으시구려. 하지만 그 이야기는 그만두시오."

"천하의 흑령께서 그런 어린아이 하나 때문에 이렇게 혼자 술을 드시고 있다는 사실을 알게 된다면 교도들이 비웃을 것입니다."

"감히!"

흑령의 고개가 무섭게 돌아갔다.

그의 눈에서는 살광이 줄기줄기 뿜어 나오고 있었다.

"아무리 사부님의 총애를 받는다고는 하나 그 입을 조심하는 게 좋을 거요."

하나 사사는 흑령의 무서운 눈길을 받으면서도 예의 낮은 음성으로 말했다.

"물론, 이 사사는 흑령의 눈 밖에 나고 싶지 않습니다. 해서 드리는 말씀입니다만, 성천자를 흑령께서 직접 처리해 주시는 게 어떨지요."

흑령은 의외라는 듯이 그를 쳐다보다 조용히 입을 열었다.

"사부님께서 허락하셨소?"

성천자는 물론 교의 적이다.

하지만 우희명이 관계되어 있으니, 그가 함부로 나설 수는 없었다.

이는 우희명과 성천자와의 관계를 교주가 이미 알고 있기 때문이었다.

자칫하면 영원히 딸아이로부터 미움을 받게 될지도 몰랐다.

"교주께서는 이미 성천자에 대한 척살을 명하셨고, 저에게 그 일을 일임하셨습니다."

'역시……'

흑령은 고개를 끄덕였다.

역시 교주는 사사로운 정 때문에 대의를 망칠 사람이 아니었다.

"그럼 방금 전의 말은 그대의 뜻이겠구려."

"그렇습니다."

"왜 하필 나를 택하셨소? 사형들도 있는데."

"그거야 당연하지 않습니까. 흑령께서 소교주께 마음이 있으시니까요."

"으음……"

흑령은 턱을 쓰다듬었다.

사사의 명을 따르는 듯한 기분이 들어 썩 좋진 않았지만, 그것만 제외한다면 거절할 이유가 없었다.

아니, 오히려 체면만 아니라면 자신이 먼저 보내달라고 하고 싶은 심정이었다.

"좋소."

"그럼 흑령님만 믿고 저는 이만 물러가겠습니다."

사사가 가고 나자 흑령은 술병을 들어 몇 방울 남지 않은 술을 입안에 모조리 털어 넣었다.

'이놈, 조금만 기다리고 있거라. 곧 만나게 될 테니.'

*　　　*　　　*

"촌장님, 왜 그 친구를 보내셨습니까?"

위선은 따스한 햇살을 받으며 큰대자로 평상에 누워 있는 촌장을 보며 물었다.

촌장은 눈을 감고 있었지만, 위선은 그가 깨어 있는 줄 알고 있었다.

"낮잠 자는 데 방해하지 말고 가버려."

"후에 극이가 해결했을 터인데, 굳이……."

촌장의 눈이 번쩍 떠졌다.

"단 하루라도 더 살려두기 싫었다. 이제 됐냐?"

위선은 고개를 저었다.

"아무리 그렇다 치더라도 나중에 극이가 알면 싫어하지 않겠습니까?"

촌장은 끙, 하는 소리를 내며 일어나 평상에 걸터앉았다.

"그거야 그놈 사정이고, 난 내 사정이 있지. 그놈이 적존교 나부랭이인지 뭔지하고 노닥거리는 한참 동안 사문을 배신한 놈이 희희낙락거리는 꼴을 볼 순 없다."

"령이에 대한 호의인가요?"

"그보다는 무오에 대한 호의라고 해야 맞겠지. 너는 무오가 가엽지도 않냐?"

위선은 나직하게 한숨을 내쉬었다.

"그가 스스로 목숨을 끊을 줄은 미처 몰랐습니다. 그의 신분으로 보자면 결코 일어날 수 없는 일이었는데."

"그러니까 가엽다는 게다."

촌장은 안타깝다는 듯이 혀를 차고는 하늘을 올려다봤다.

그 모습을 지켜보던 위선이 넌지시 입을 열었다.

"극이는 잘하고 있겠지요?"

"그걸 왜 나한테 물어? 네가 더 잘 알잖아."

"제가 바라는 건 그 녀석이 무모한 행동을 하지 않았으면 하는 것입니다."

"무모해도 돼. 아니, 지금은 더욱 무모해질 필요가 있어."

"하지만 극이는 아직 모자랍니다. 촌장님께서는 적존교 나부랭이라고 하셨지만, 상천이가 나갔던 당시와는 판이하게 달라졌습니다. 꽤나 절치부심했는지 지금은 상천이가 나간다 해도 승부를 장담할 수 없는 상황입니다."

"너, 나 몰래 조사 많이 했구나."

촌장의 눈이 게슴츠레해졌다.

위선은 멋쩍은 듯이 딴 곳을 바라봤다.

"그저 시간 날 때 한 번씩 보고 들은 겁니다."

"이젠 아주 허락도 없이 니 맘대로 드나들어?"

"흠흠……."

촌장은 위선을 아래위로 쓸어보고는 다시 털썩하고 누워 버렸다.

"네가 걱정할 일이 아니다."

"걱정이 됩니다. 극이를 후계로 키우실 생각이시라면 지금이라도 이곳으로 데려와 체계적인 수련을 시키시는 게 나아 보입니다."

"강호를 경험하는 것도 수련이야."

"하지만 시간이 오래 걸리지 않습니까?"

"그 녀석은 몇 번 더 죽어봐야 돼."

"……."

"그렇지만 네 말에도 일리는 있어. 해서 그런지는 몰라도 극이가 곧 돌아올 것만 같아."

"여기로 말입니까?"

"그래, 느낌이. 확실한 것은 조금 더 시간이 지나봐야 알 수 있겠지만."

"령이가 기뻐하겠군요. 극이를 오래도록 보지 못해서 그런지 요즘 들어 힘이 없어 보이던데."

“너 그 애에 대해서 관심 끊으라고 지난번에 말해두었을
텐데, 자꾸 그럴래?”

“그것이…….”

“한 번만 더 해봐. 아주 그냥!”

촌장이 눈을 부라리자 위선은 슬그머니 다시 고개를 돌렸
다.

“그리고… 과연 기뻐할지 어떨지는 그때가 돼봐야겠지.”

촌장은 그렇게 알 수 없는 말을 남기고는 눈을 감아버렸다.

# 第四十二章
## 마령곡에서의 동거

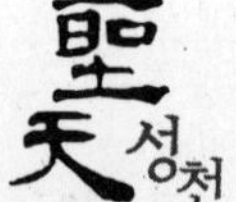

위지극은 사혼도마를 올려다봤다.

앉아 있을 때는 몰랐으나 그는 자신보다 머리 하나만큼이나 키가 컸다.

"어르신의 도법 말씀이십니까?"

"그렇다."

"단지 그것뿐입니까?"

사혼도마는 위지극을 뚫어져라 쳐다봤다.

하지만 그가 아무런 반응을 보이지 않자 위지극은 잠시 생각하는가 싶더니 입을 열었다.

"어르신의 별호가 사혼도마이시니, 제 짐작으로 사혼이라는 이름이 들어가는 도법을 사용할 듯싶습니다.”

“그리고?”

“보지 않아도 어르신의 무공은 이분, 극뢰권마 어르신과 비슷하리라 판단됩니다. 천하에는 사혼이라는 말이 들어가는 무공은 많이 있지만, 그중에서도 절기라 칭할 수 있는 무공엔 두 가지가 있습니다.”

“계속해라.”

“하나는 칠절만도 추전충이 창안한 사풍사혼도법이며, 또 다른 하나는 육천도막의 막주 악중범의 일월사혼도법입니다만, 둘 중 어느 것인지는 쉽게 짐작하기 어렵군요.”

“…….”

사혼도마는 말이 없었다.

하지만 그의 머릿속은 복잡했다.

위지극의 대답을 어떻게 해석해야 하는가?

자신의 일월사혼도법은 그의 말대로 육천도막의 악중범이 창안한 도법이 맞았다.

하지만 육천도막이 활동하던 때는 삼백 년 전이다.

이렇게 어린 아이가 그 옛날의 무공까지 달통할 수 있는 것일까?

“비록 지금은 모르지만, 만약 어르신께서 한 수만 펼치신다면 확언드릴 수 있을 것입니다.”

위지극의 말에 사혼도마는 싸늘히 말했다.

"그럴 필요 없다. 나의 도법은 일월사혼도법이다."

"아! 그러셨군요."

위지극은 그제야 알았다는 듯이 맞장구를 쳤지만 속으로는 입맛을 다셨다.

비록 무혼 때문에 맞추기는 했다지만, 두 눈으로 절기를 직접 보고 싶었기 때문이다.

"허허허, 이거야 원."

극뢰권마가 너털웃음을 터뜨렸다.

"계집아, 너는 어디서 이런 괴물 같은 녀석을 데려온 것이야?"

"그야, 뭐……."

우희명이 마땅한 대답을 찾지 못해 우물쭈물하고 있을 때였다.

어디선가 들려오는 늙수그레한 음성이 대답을 대신했다.

"그 아이는 성천에서 왔다네."

"……!"

"……!"

사혼도마와 극뢰권마가 흠칫하며 소리 나는 곳을 쳐다보자, 그곳에는 검은 장포에 옥잠으로 가지런히 머리를 틀어 올린 노인이 걸어오고 있었다.

"독마! 방금 뭐라고 했는가?"

흑포노인은 가까이 다가오더니 턱으로 위지극을 가리켰다.

“일전에 말했던 성천자가 이 아이라고.”

“에? 얘가?”

“네가 정말 성천에서 왔냐?”

위지극은 묘한 표정을 짓더니 이내 고개를 끄덕였다.

“맞습니다.”

극뢰권마는 믿지 못하겠다는 듯이 위지극을 다시 쓸어봤다.

하나 다시 생각해 보면 자신의 무공이나 도마의 무공을 알고 있다는 것을 보아 사실인 듯도 싶었다.

성천은 언제 생겨났는지도 모를 정도로 오래되었으니 충분히 가능성이 있었다.

그러나 독마의 말이 사실이라고 한다면 한 가지 의문이 남아 있었다.

“겨우 너를 보내서 뭘 어쩌겠다고?”

그의 의문은 이것이었다.

위지극은 성천에서 왔다고 하기엔 실력이 높다 할 수 없었다.

위지극은 극뢰권마의 말에 비록 속이 언짢았지만 겉으로 드러내지 않으려 애를 썼다.

이들을 상대로 투정을 부려봐야 이득이 되는 것은 없었기 때문이다.

“너무 몰아붙이지는 말게나. 그래도 며칠 전에 이 아이의 검에 적룡대주의 목이 달아났으니 말일세.”

독마의 말에 극뢰권마가 의외라는 표정을 지었다.

“적룡대주라면… 쾌검을 쓰던 그 노 씨 성을 쓰던 자 말인가?”

“맞네.”

“농담하지 말게. 그자의 검을 본적이 있네만, 결코 이 아이의 손에 당할 정도로 서투르지 않았어.”

“내가 두 눈으로 직접 봤으니 자네는 믿어야만 할 걸세.”

극뢰권마는 독마의 말에도 위지극에 대한 의심을 완전히 떨쳐 내지 못했다.

‘그러기엔 너무 이상한데…….’

독마의 말을 인정하자면, 자신의 안목을 의심해 봐야만 했다.

‘아까 나의 장력에 방비 못하고 맞은 것도 그렇고, 풍기는 기세도 그렇고, 노가를 넘어설 정도로 보이진 않는데…….’

극뢰권마가 혼자 고심하고 있을 때, 위지극은 흑포노인의 말에서 한 가지 사실을 깨달았다.

“그때 임씨세가에 계셨던 분이 백안독마 어르신이었군요.”

위지극은 높임말을 쓰고 있었지만, 말투에는 지금까지와는 달리 조금 날카로운 데가 있었다.

“네 말이 맞다.”

"그때 손을 쓰신 게 과하다 생각지는 않으십니까?"

당시 북무림회 무인들은 수십 명이 쓰러졌고, 모두 내공을 잃어버렸다.

그들은 자신이 떠나올 때까지도 차도를 보이지 않았었다.

모르긴 몰라도 아마 평생 그런 몸을 이끌고 살아야 할 것이었다.

"과해? 모두 목숨을 부지하지 않았더냐. 모조리 죽일 수도 있었다. 오히려 그들은 내게 감사해야 할 것이야."

"그분들은 아무런 방비도 하지 못한 채 그렇게 당하셨습니다. 어르신 정도 되는 고수라면 응당 정면에 서셔야 하지 않았겠습니까?"

"하하하, 너는 하나만 알고 둘은 모르는구나. 내가 네 말대로 전면에 나섰다면 너나 그들은 모두 살아남지 못했을 게다. 그러니 다행이라 생각해야 하지 않겠느냐."

위지극은 그의 말에 뭔가가 울컥하고 치밀었다.

"그들은 그렇게 약하지 않습니다!"

"네가 보기엔 그랬느냐? 내가 볼 때는 오합지졸일 뿐이었다."

"무공에는 당연 고하가 있겠지만, 무공이 높다고 해서 낮은 이를 무시할 수는 없는 법입니다."

"아니다. 네 말은 틀렸어. 충분히 무시해도 된다. 그들은 수련을 게을리했기 때문에 그 정도밖에 되지 못한 것이야. 그러니 죽어도 싸다.”

‘뭐 이런 영감쟁이가 다 있어?’

위지극은 순간 욕이 튀어나오려고 했다.

하나 그런 위지극을 백안독마는 전혀 개의치 않는 듯 물었
다.

“그런데 말이다, 너는 여기 왜 왔느냐? 설마하니 죽여 달라
고 온 것이냐?”

“저런저런, 어린아이를 앞에 두고 자네 말이 심했네.”

끼어든 것은 극뢰권마였다.

그는 간략하게 위지극이 이곳에 오게 된 배경과 방금 전에
일어났던 일을 설명했고, 이를 모두 들은 백안독마는 조금 색
다른 표정으로 위지극을 쳐다봤다.

“이 두 사람의 무공을 알고 있다니, 놀랍군. 그런데 네 말
대로라면 그 두 무공에도 고하가 있을 듯한데 둘 중 어느 것
이 더 상승의 절기냐?”

“엇?”

극뢰권마는 갑작스러운 백안독마의 질문에 두 눈을 끔뻑
였다.

자신은 차마 거기까지는 물어볼 생각을 하지 못했던 것이
다.

극뢰권마뿐만 아니라 크게 티가 나지는 않았지만 사혼도
마도 위지극의 대답이 궁금한 눈치였다.

어찌 자신의 무공에 대한 평가를 들을 수 있는데 궁금하지 않겠는가.

"왜 대답을 못하느냐? 거기까진 모르겠느냐?"

위지극은 그의 재촉에도 한참 동안 생각하더니 극뢰권마와 사혼도마를 한차례씩 쳐다보고는 드디어 입을 열었다.

"사실 사부님께서는 무공의 순위를 정하실 때 적수공권의 무공은 제외하셨습니다."

"뭐야!"

극뢰권마가 버럭 소리쳤다.

"진정한 무공은 육신으로 펼치는 것이야. 그깟 병기에 의존하는 무공이……."

그는 당장에라도 위지극에게 달려들 듯한 기색이었다.

"어디까지나 저의 사부님의 견해입니다. 물론 저는 그분의 안목을 믿기에 드리는 말씀입니다만, 어르신의 무공도 충분히 절기에 속합니다. 그렇지 않으면 제가 알고 있지 못했을 것입니다."

"흐으으음!"

이어진 위지극의 말에도 극뢰권마는 심히 마음이 상한 듯 어깨가 축 늘어졌다.

"그러면 말해보아라. 병기를 쓰는 무공 중에서 나의 일월사혼도법은 몇 번째를 차지하고 있느냐?"

이런 것을 어린아이에게 묻는 자신이 우습기도 했지만, 지금까지 위지극이 보여준 견식을 생각한다면 도저히 묻지 않을 수 없었다.

위지극은 잠시 망설이더니 조그맣게, 그러나 분명하게 대답했다.

"어르신의 도법은 아흔세 번째입니다."

"……."

순간 사혼도마의 얼굴이 딱딱하게 굳어졌다.

"뭐야?"

소리친 것은 극뢰권마였다.

"아흔세 번째? 저 친구의 도법이 겨우 그것밖에 안 된다고? 그런 미친 소리는 내 살다 살다 처음 듣겠다."

백안독마도 고개를 저었다.

"네 말은 앞뒤가 맞지 않는다. 육천도막주 악중범은 일월사혼도법으로 천하제일인에 근접했던 사람이다. 그런 도법이 아흔세 번째라니, 말이 안 되지 않느냐?"

그러자 백안독마를 따라 하기라도 하듯 위지극도 고개를 저었다.

"그건 어르신께서 하나만 알고 둘은 모르시기에 하는 말씀입니다."

"……!"

백안독마는 위지극이 방금 전에 자신이 했던 말을 그대로 사용해서 놀리고 있다는 사실을 알고는 눈빛이 굳어졌다.

“너는 그 이유를 제대로 설명해야 할 게다.”

서슬 퍼런 그의 말에 위지극은 오히려 미소를 지었다.

“그럼 말씀드리지요. 그전에 분명히 짚고 넘어가야 할 것이 있는데, 그 아흔세 번째라고 한 것은 병기를 사용하는 무공 중에서의 순위가 아니라 도법 중에서의 순위입니다.”

“하!”

극뢰권마가 실소를 터뜨렸다.

점입가경이란 이를 두고 하는 말이었다.

천하의 모든 무공 중에서라고 해도 믿지 못하겠거늘, 도법만 따져서 아흔세 번째라니.

“또한 아흔세 번째라고 해서 결코 낮다고 말할 수는 없다는 것입니다. 왜냐하면…….”

“무엇 때문이냐?”

사혼도마가 기다리지 못하고 냉막한 목소리로 물었다.

“절기라 칭할 수 있는 천오백사십칠 개의 도법 중에서 아흔세 번째니까요. 오히려 일 할 안에 들었으니 대단한 무공이라 할 수 있지요.”

“야, 이놈아.”

보다 못한 극뢰권마가 참지 못하고 또 끼어들었다.

“그 순위를 네 사부가 정한 것이지?”

“그렇습니다.”

“너는 한 사람이 천오백사십칠 개의 도법을 모두 알고 평가할 수 있다고 생각하느냐?"

"안 될 이유라도 있습니까?"

"이런 답답하기는. 사람이 천년만년 사는 것도 아니고, 기껏해야 백 년, 공력이 절정에 달해도 이백 년이거늘. 그러니 일생 동안 무공을 익힌다 해도 그중에 몇 개나 익힐 수 있겠느냐? 천 개는커녕 열 개도 힘들 것이다."

"거기까지는 저도 모르겠습니다. 어찌 됐든 사부님께서는 그리 말씀하셨으니까요."

"허허, 말이 안 통한다, 말이 안 통해."

극뢰권마가 넋두리처럼 말하며 고개를 흔들었다.

'아흔세 번째라……'

사혼도마는 눈을 감았다.

'겨우 그 정도였나.'

위지극의 사부가 누구인지는 모른다.

그가 얼마나 고수인지도 모른다.

하지만 단순히 헛소리라고 치부할 수도 없었다.

아니, 그의 사부 역시 성천의 인물일 테니 어쩌면 그의 말이 맞을지도 몰랐다.

성천은 그야말로 천외천.

일반적인 생각이 통용되지 않는 곳이 아니던가.

"설마하니 이 아이의 말을 믿는 것인가, 그리 잠자코 있게?"

극뢰권마가 눈을 감고 생각 중인 사혼도마를 툭, 치자 그가 조용히 말했다.

"당신도 말은 그리하고 있지만 어느 정도는 믿고 있지 않소?"

"큼……."

극뢰권마는 차마 아니라고는 하지 못했다.

단지 믿고 싶지 않을 뿐이었다.

백안독마가 코웃음을 쳤다.

"좋다. 네 말이 다 맞다고 치자. 하면 가장 뛰어난 무공이 무엇이냐? 천하의 도법과 검법 중에 첫 번째를 차지하고 있는 무공이 무엇이냔 말이다."

위지극은 속으로 웃음이 나왔다.

겉으로는 아닌 척하고 있지만, 백안독마 역시 궁금해하고 있지 않은가?

그는 목소리를 한 번 가다듬더니 이윽고 무혼이 했던 말을 떠올리며 말했다.

"천칠백마흔여덟 개의 검법, 천오백사십칠 개의 도법, 그리고 사백예순네 개의 창법을 통틀어 가장 강한 무공은 하나의 검법입니다."

"역시!"

극뢰권마는 자신도 모르게 소리치고는 급히 입을 다물었다.

그는 도법보다는 검법이 뛰어날 것이라 짐작하고 있었던 참이었는데, 위지극이 하나의 검법이 최강이라고 하자 자신도 모르게 맞장구를 쳤던 것이다.

"계속해 봐라. 나 쳐다보지 말고."

위지극은 극뢰권마에게 잠시 주었던 시선을 거두고는 말을 이었다.

"그 검법은 바로… 제가 익힌 검법입니다."

"……."

"……."

모두는 한동안 말이 없었다.

너무나 어처구니없는 대답이었기 때문이다.

"그러니까 그 검법의 이름이 뭐냐고 묻지 않느냐?"

위지극은 이걸 말해줘야 하나 고심하다가 어차피 그 검법을 아는 사람이라고 해봐야 자신과 무혼밖에 없다는 것을 생각해 내고는 결국 말해주었다.

"혼원무혼검법입니다."

그 말에 세 명의 봉공은 서로의 얼굴을 쳐다보았다.

생판 처음 듣는 무공이었기 때문이다.

"혼원무혼검법?"

"그렇습니다. 검이 하늘과 땅을 잇고, 시전자의 혼이 광대무변한 천지를 넘나드는 검법이지요."

"그럼 너의 검이 하늘과 땅을 잇느냐?"

극뢰권마의 말에 위지극은 웃었다.

"검법이 그렇다는 것이지, 제가 그렇다고는 말씀드리지 않았습니다. 처음에 밝혔듯이 아직 미숙하니까요."

"맞다. 그랬지. 내 잠시 잊고 있었구만."

이번엔 백안독마가 다시 물었다.

"그 수천 가지에 이르는 무공을 너는 어디까지 알고 있느냐? 이름과 순위가 네가 아는 전부인 것인가?"

"그렇지는 않을 게야."

극뢰권마가 대신 나섰다.

"자네가 어찌 아는가?"

"짐작할 수 있지 않은가? 이 아이는 내 무공의 이름을 알고 있을 뿐만 아니라 내가 흑혈뢰권 구성에 이르렀다는 사실도 맞추었어. 그 수천 가지에 이르는 무공에도 들지 못한 적수공권의 무공인데 말이야. 그러니 다른 무공이야 물어서 무엇 하겠는가?"

"권마의 말이 사실이냐?"

"정확하게는 아니지만 비슷하게는 맞았습니다. 해서 말입니다만……."

위지극이 극뢰권마를 보며 미소 지었다.

"잊지 않으셨겠지요, 저의 부탁을 하나 들어주시겠다고 하셨던 말씀을."

"물론 잊지 않았다. 약조는 약조이니 말해봐라."

"저의 부탁은 단순한 것입니다. 어르신이 펼치는 흑혈뢰권을 처음부터 끝까지 견식해 보는 것이지요. 아주 천천히."

"어라? 나의 무공이 보고 싶다는 뜻이야? 너는 익히 알고 있지 않느냐?"

"아는 것과 익히는 것이 다르듯이, 보는 것 역시 다르니까요. 제가 아는 건 어르신이 생각하시는 것처럼 많지 않습니다."

"흐음……."

비무도 아니고, 무공을 이처럼 대놓고 보여달라는 것은 사실 예의에 벗어나는 것이었다.

하지만 위지극은 그의 흑혈뢰권이 꼭 보고 싶었다.

또한 사혼도마의 일월사혼도법도 마찬가지.

무혼심결의 특성상 한 번이라도 보게 되면 그 무공의 허와 실을 깨달을 수 있으니, 어떤 식으로든 후에 도움이 될 게 분명했다.

"그러지. 단, 너와 나, 둘이 있을 때만 보여주마. 그래서 말인데……."

무슨 이유에서인지 극뢰권마의 입가에 야릇한 미소가 떠오르고 있었다.

*　　　*　　　*

남궁무한은 그의 행동처럼 입도 가벼웠다.

곳곳을 돌아다니며 만나는 사람마다 자신이 겪은 일을 자랑스럽게 얘기했던 것이다.

덕분에 성천자 위지극이 적존교의 본산으로 향했다는 소문이 강호에 파다하게 퍼져 버렸다.

그리고 소문은 소문을 불러, 위지극이 홀로 적존교주와 일전을 치르려 한다고까지 과장되기에 이르렀다.

금산청에게 자초지종을 들은 인청각원이나 북무림회의 몇몇은 실상을 알고 있었지만, 그렇지 못한 대다수의 강호인들은 소문을 그대로 믿었고, 그들의 관심은 다시 육문산으로 향하게 되었다.

그러나…….

어찌 된 일인지 육문산으로부터는 성천자와 관련된 소식이 들려오지 않았고, 시간은 그렇게 흘러갔다.


"내가 들어가 봐야 하려나?"

육문산이 보이는 자그마한 구릉에 앉아 있던 유진량이 중얼거렸다.

촌장이 시킨 일 중에 한 가지는 이미 끝마쳤다.

정우자의 척살.

그러나 아직 해야 할 일이 하나 남았는데, 그것은 위지극을 만나는 것이었다.

그를 만나 전해줘야 할 말이 있었다.

처음엔 금방 끝날 거라 생각했다.

그 역시 강호의 풍문을 들었고, 위지극이 육문산으로 향했음을 알았기 때문이다.

하지만 벌써 보름이 넘게 산 입구를 지키고 있는데도, 위지극은 그림자도 보이지 않았다.

'변고가 있는 건 아니겠지.'

위지극과 각별히 친했던 유진량은 걱정될 수밖에 없었고, 이에 그의 눈에 깊은 수심이 어렸다.

그때였다.

삐이이이!

창공으로부터 낯익은 소리가 들려왔다.

유진량은 번뜩 상념에서 깨어났다.

올려다본 하늘에 떠 있는 작은 점 하나!

그의 얼굴이 점점 화색으로 물들어갔다.

"유환!"


태사의에 앉아 있던 우백이 입을 열었다.

"사사."

"네, 교주님."

사사가 허리를 숙이자 우백은 언짢은 표정으로 물었다.

"찾았나?"

사사는 고개를 저었다.

"강호의 소문은 왕왕 와전되기도 하지요."

"물론 그렇네. 하나 이번 소문의 근원지는 남궁가의 차남이라 신뢰할 만한 듯하네만."

"해서 교 내를 수색했습지요. 하지만 역시나 그의 흔적은 없었습니다."

"그렇다는 말인즉?"

"성천자는 이곳에 오지 않았다는 뜻이지요."

"흐음……."

우백은 태사의에 앉아 턱을 괴었다.

잠시 후, 그의 입가에는 묘한 미소가 떠올라 있었다.

"하긴, 당돌한 일이지."

"당돌하다 못해 어리석은 짓이지요."

사사가 비웃음 섞인 음성으로 대답했다.

"뭐, 그렇긴 하네만. 나는 말일세, 소문이 진실이기를 바랐다네."

"어째서인지요?"

"골치 아픈 일을 한번에 해결할 수 있는 기회 아닌가. 희명이 문제도 있고."

"소교주께서도 자신의 잘못을 곧 깨닫게 될 것입니다."

"모르는 일이네. 정이란 그렇게 쉽게 생각할 만한 것이 아니니까. 한데, 희명이로부터의 소식도 없는가?"

“저의 추측이긴 합니다만, 소교주께선 아직 성천자와 함께 있는 듯싶습니다.”

“바보 같은 녀석!”

우백은 와락 인상을 찌푸렸다.

흑령처럼 훌륭한 아이도 있건만 하필이면 왜 성천자에게 정을 주었단 말인가.

성천 역시 조부의 원수라는 사실을 깨닫지 못하고 있단 말인가?

“결국 두 사람의 행방을 모두 놓친 셈이로군.”

“죄송합니다, 교주.”

“무당에서도 성천자를 찾는다지?”

“그렇습니다. 장문인이 그리 피살되었으니 성천과 접촉하기를 원하겠지요. 그러나 성천자는 그곳에도 모습을 보이지 않았습니다.”

우백은 코웃음을 쳤다.

“불공성천이라… 정말 여기저기 들쑤시고 돌아다니는군.”

“사죽림이 하는 일이라 저희가 상관할 수는 없지만, 저 역시 그리 좋아 보이지는 않군요.”

“당연하지. 그 무슨 어쭙잖은 수작들인가. 성천이 두렵지 않으면 성천자를 찾아갈 일이지. 한심한 작자들 같으니.”

“어찌 됐든 무당은 그 덕분에 뒤숭숭한 분위기가 되었습니다.”

"무당을 치자는 뜻이로군."

"새로이 추대된 장문인인 능운자는 아직 무당을 장악하지 못했지요. 오히려 장로인 진우자가 통솔하고 있는 형편입니다. 무당은 지척이니 이번 기회를 노리시는 편이 좋을 듯싶습니다."

"자네 말이 틀리진 않았네만, 그래도 무당은 무당이야. 장문인이 미숙하다 하여 만만히 볼 수는 없단 말일세."

"하면 다른 문파를……."

"그러나!"

우백은 사사의 말을 끊고는 미소 지었다.

"무당 역시 언젠가는 한 번 부딪쳐야 할 문파, 조금 앞당겨진다 해서 다를 것은 없겠지."

"하오면?"

"준비하게나. 그리고 이번 일은 청령에게 맡기게. 그동안 심심했을 것이야."

"명을 받들겠습니다."

사사는 자리에서 일어났다.

그는 대청을 벗어나려다가 무슨 이유에서인지 멈춰 서더니 넌지시 말했다.

"혹시나 해서 드리는 말씀입니다만, 교의 모든 곳을 조사했지만 단 한 곳은 하지 못했습니다."

"그곳이 어딘가?"

"사대봉공께서 머무는 거처입니다. 그곳은 교의 금지인지라……."

"으음……."

"어찌할까요? 제가 직접……."

"아니네. 그곳은 놔두게나."

사사는 그러하겠다는 말과 함께 허리를 숙이고는 대청을 나갔다.

그가 사라지고 나자 우백은 자리에서 일어나 창가에 섰다.

그는 머릿속이 복잡했다.

복수, 성천, 그리고 딸아이에 대한 생각이 어지러이 머릿속을 떠돌았다.

하지만 그는 모든 것이 잘 풀려 나가리라 굳게 믿어 의심치 않았다.

딸아이는 결국 흑령과 혼인하게 될 것이고, 강호는 자신의 발아래 무릎을 꿇게 될 것이다.

사십 년 전 실패했던 꿈은 오래지 않아 반드시 이루어지리라.

그리고…….

'성천! 사죽림도 그렇지만, 나 역시 너희 놈들을 가만히 둘 생각은 없다!'

그의 전신에서 무거우면서도 소름 끼치는 기운이 흘러나오고 있었다.

　　　　　　*　　　*　　　*

"왜, 왜 이러십니까?"

미위방은 공포에 부들부들 떨고 있었다.

그리고 그 앞에는 복면을 쓴 흑의인이 칼을 빼 든 채 그를 노려보고 있었다.

"그리 겁먹을 필요 없다. 한 가지만 내가 하라는 대로 하면 아무 일 없을 것이다. 너도, 그리고 네 가족들도."

그는 구석에서 자신을 바라보고 있는 두 딸과 아내를 쳐다보고는 흑의인에게 시선을 돌렸다.

"교주님이 아시면……."

"교주는 모른다."

"……!"

그 말을 듣는 순간 미위방은 흠칫했다.

방금 교주라 칭했다.

교주님이 아니고 교주라니, 육문산의 식솔이 어찌 그런 말을 함부로 입에 담을 수 있는가?

'배신……?'

미위방의 머릿속에 불현듯 떠오른 생각이었다.

"천하상단이 교를 위해 헌신하고 있다는 것은 잘 안다. 그래서 네게 명하는 것이야."

그는 다시 흑의인을 쳐다봤다.

하지만 복면 사이로 맑은 두 눈만이 보일 뿐, 흑의인의 정체를 짐작할 수조차 없었다.

'도대체 이런 일이…….'

절대 있을 수 없는 일이 일어나고 있었다.

여기는 육문산이다.

육문산에서 감히 검을 빼 드는 일이 일어나다니, 미위방은 자신의 두 눈으로 보면서도 믿기지 않았다.

미위방이 상단 일을 마치고 집에 돌아왔을 때, 이미 집 안은 세 명의 흑의인에게 제압된 상태였다.

그는 상인이니만큼 무공을 전혀 몰랐기에 마땅한 대응도 취할 수도 없었다.

"저에게 바라는 게 무엇입니까?"

그가 할 수 있는 건 오로지 흑의인의 말에 따르는 것뿐이었다.

*　　*　　*

콰쾅!

커다란 굉음이 천지를 뒤흔들었다.

절벽을 따라 돌무더기가 우수수 떨어지고, 놀란 새들이 날아올랐다.

“어떠냐?”

극뢰권마는 내밀었던 손을 서서히 거두었다.

“그게 창뢰불극인가요?”

“그래, 이것이 바로 흑혈뢰권의 마지막 초식, 창뢰불극이다. 본 소감이 어떠냐니까?”

극뢰권마가 자랑스럽다는 표정으로 위지극을 쳐다보며 그의 대답을 기다렸다.

하나 위지극은 갑자기 눈을 감아버렸다.

‘옳지, 그래. 생각 많이 해보고 대답해야 할 거다.’

극뢰권마는 느긋하게 팔짱을 꼈다.

위지극이 한 초식을 보고 저렇게 눈을 감으면 최소 반 각 동안은 뜨지 않았기 때문이다.

‘참 신기한 녀석이야.’

극뢰권마는 다시금 위지극에 대해 감탄이 일었다.

그러면서도 여전히 이해할 수 없었다.

어디서 저런 놈이 나타났을까?

저놈의 사부는 천하의 모든 무공에 통달이라도 했단 말인가?

절대 있을 수 없는 일이지만 지금까지 보여준 위지극의 행동은 이를 뒷받침해 주고 있었다.

모든 것은 위지극을 처음 만난 한 달 전 그날부터 비롯되었다.

극뢰권마는 약속대로 흑혈뢰권을 보여준다며 위지극을 한 쪽 구석으로 데려갔다.

"비무도 아닌데 무공을 보여주는 것은 네가 처음이다. 영광인 줄 알아."

"어르신의 호의에 감사드립니다."

미간을 찌푸리고 있는 극뢰권마를 바라보며 위지극이 포권을 취했다.

"호의는 무슨. 난 약속을 지키는 것뿐이야. 그러니 착각하지 마라."

뒤이어 그는 낮게 자세를 취하더니 뒷짐 지고 있던 손을 풀어 천천히 앞으로 뻗어냈다.

우우우웅.

그에 따라 기이한 소리가 발해졌다.

또한 그의 주먹은 앞으로 나가는 동안 점점 검게 변해가고 있었다.

"자, 제일초식 만선타패다. 똑똑히 보거라."

팍! 펑!

허공을 격하고 떨쳐 낸 그의 주먹은 삼 장 밖의 절벽에 커다란 주먹 자국을 만들어냈다.

"삼성의 공력으로 펼친 것이다. 잘 보았느냐?"

극뢰권마가 돌아보자 위지극은 잠시 생각하는 듯하더니

고개를 가로저었다.

"왜 그러느냐?"

"조금 더 느리게 보여주실 수 없는지요?"

극뢰권마는 그 말에 혀를 찼다.

"쯧쯧, 네놈은 무공에 대해 알기만 하고 실력은 형편없나
보구나. 이것도 충분히 느리게 펼친 것인데 못 알아보다니…
적룡대주를 해치운 게 정말 네가 맞느냐? 독마가 거짓말한 거
아냐?"

위지극은 가벼운 미소를 지었다.

"어찌 되었든 저와의 약속은 천천히 펼쳐 보이는 것이었습
니다. 기억하시지요?"

"기억한다, 이놈아."

극뢰권마는 툴툴거리면서도 다시 자세를 잡고는 방금 전
과 마찬가지로 주먹을 떨쳤다.

대신 그 속도는 매우 느릿하여 무공을 배우지 않은 범인도
팔의 움직임을 알아볼 수 있을 정도였다.

그 때문에 위력이 사라졌는지 절벽에는 아무런 자국도 남
지 않았다.

극뢰권마는 완전히 초식을 끝마치자 버럭 소리쳤다.

"에잇! 이게 뭔 꼴이냐. 춤추는 것도 아니고."

그는 화풀이라도 하려는 듯 위지극을 쏘아봤다. 한데…….

"이놈이……?"

기껏 느리게 펼쳐 줬더니만 정작 위지극은 눈을 감고 있지 않은가.

"뭐 하고 있는 거야!"

극뢰권마는 울컥 부아가 치밀었다.

천지가 떨어져 나갈 정도의 고함 소리에도 위지극은 요지부동, 마치 깊은 잠에 빠진 듯 아무런 반응이 없었다.

화가 난 극뢰권마는 성큼성큼 걸어가 위지극의 멱살을 잡으려 했다.

그러나 거의 가까이 다가갔을 때, 그는 손을 멈추었다.

위지극이 눈을 감고 있는 모습이 깊은 심상에 젖어 있는 듯 보였기 때문이다.

그는 흥분했던 마음을 애써 가라앉히고 이리저리 위지극을 살펴보고는 한 발 물러섰다.

'좋다. 네놈이 무엇을 생각하고 있는지는 잠시 후에 듣겠다. 그러나 조심해야 할 것이다. 그에 대한 책임을 져야 할 테니 말이다.'

그는 입을 한 번 꾸욱 다물고는 팔짱을 낀 채 기다렸다.

그리고 반 각 후, 드디어 위지극의 눈이 떠졌다.

위지극은 눈을 뜨자마자 자신 앞에 표정을 굳히고 서 있는 극뢰권마에게 물었다.

"방금 것이 정말 만선타패였습니까?"

"뭣이?"

위지극의 엉뚱한 소리에 극뢰권마는 기껏 억누르고 있던 화가 슬그머니 고개를 치켜들려 했다.

"당연히 만선타패다! 그럼 엉뚱한 무공으로 네놈을 속이기라도 했다는 것이냐?"

"그랬군요, 그것이 만선타패였군요……."

그럼에도 위지극은 뭔가 아쉽다는 듯한 목소리로 중얼거렸다.

"도대체 무슨 소리가 하고 싶은 거냐?"

"아닙니다, 아무것도……."

극뢰권마는 양 눈썹을 치켜세웠다.

"이놈이 나를 바보로 아나. 당장 말하지 못해! 말하지 않겠다면 허리를 분질러 주마."

위지극은 힐끗 그의 눈치를 보고는 결국 입을 열었다.

"다른 게 아니라 제가 아는 만선타패와 조금 다른 듯해서요."

"네가 아는 만선타패? 허허……."

극뢰권마는 실소를 터뜨렸다.

지금 위지극의 말은 그가 단순히 무공명만을 아는 게 아니라 초식 하나하나까지 모두 알고 있다는 뜻이나 다름없었다.

게다가 만선타패는 자신이 수십 년 동안 익혀온 무공이다.

수천수만 번을 펼쳐 본 초식이었다.

그러니 어떻게 틀릴 수 있겠는가.

"그 말은 네놈이 흑혈뢰권의 초식을 나보다 더 잘 안다는 뜻이렸다?"

"꼭 그렇다는 게 아니라……."

"그럼 한번 말해보아라. 나의 어디가 다르다는 것이냐!"

위지극은 손가락으로 극뢰권마의 팔꿈치를 가리켰다.

"그곳입니다."

"……?"

"제가 아는 만선타패는 탁하다고나 할까, 턱턱 끊기는 게 있었는데, 어르신이 방금 전에 펼치셨을 때는 그에 비해 몹시도 부드러웠습니다."

'부드러워?'

극뢰권마의 눈에 의아한 빛이 떠올랐다.

무공이 뛰어나면 뛰어날수록 초식이 부드러워지는 것은 당연했다.

그건 모든 무학의 순리나 다름없었다.

하나 위지극은 그게 틀렸다고 말하고 있는 것이다.

'탁하다. 끊어진다……?'

극뢰권마는 위지극의 말을 되새기다가 갑자기 '아!' 하고 자그마한 소리를 냈다.

'설마!'

기억났다.

너무나 오래전의 일이라 잊고 있었던 사실.

처음 흑혈뢰권의 비급을 얻어 익히던 때의 일을 말이다.

'분명히 그때에는…….'

당시 극뢰권마가 만선타패를 처음 익히기 시작했을 때, 그는 뭔가 이상하다는 느낌이 들었다.

잠시이긴 했으나 단전으로부터 이어진 진기의 흐름이 팔꿈치 부근에서 한 번 팅겨 되돌아갔다가 주먹 쪽으로 이어졌던 것이다.

몇 번을 해보아도 마찬가지였다.

그는 혹시 자신이 잘못 익히고 있는 게 아닌가 싶어 비급을 재차 확인하고 해석했지만, 딱히 잘못된 점을 찾지 못했다.

사부라도 있다면 어찌 된 일이냐 물어라도 보겠지만, 그럴 수도 없었다.

결국 그는 그대로 익혔다.

하지만 그게 끝이 아니었다.

시간이 흐르고 흑혈뢰권을 완숙하게 펼쳐 낼 수 있을 때 만선타패를 수정했다.

진기가 도도하게 주먹으로 흘렀다.

탁하게 끊겼을 때는 권력이 제대로 발휘되지 않았지만, 진기의 도인을 바꾼 후에는 위력이 배가됐다.

강하면서도 유연한 만선타패가 그렇게 만들어진 것이다.

그때 그의 나이 서른넷, 무려 삼십 년 전의 일이라 까마득하게 잊고 있었던 것이다.

이유를 알게 되자 그는 굳어져 있던 표정을 풀었다.

"만선타패, 분명 네가 말한 대로의 초식이었다. 하나 그것은 완전치 못했어. 해서 방금 전처럼 바꾼 것이다. 그나저나 놀랍구나. 네가 그런 것까지 알고 있으리라고는 전혀 예상치 못했다. 너는 흑혈뢰권을 아는 것뿐만이 아니라 이미 익히고 있는 게 아니냐?"

"절대 아닙니다."

위지극은 방금 전, 그가 직접 보여주기 전까진 만선타패라는 초식이 있는지조차 알지 못했다.

"그리고 한 가지, 어르신께서 잘못 알고 계신 것이 있습니다. 만선타패는 처음부터 불완전한 초식이 아니었습니다."

"네가 몰라서 하는 소리다. 처음 그대로 펼쳐 보았자 그 위력은……."

"지금보다 뛰어났겠지요."

위지극은 단호하니 말했다.

"방금 것이 어르신의 삼성의 공력을 사용한 것이라면, 이전의 만선타패에 비해 너무 약합니다."

"뭐라고?"

"확실합니다. 정 믿기지 않으시다면 직접 시험해 보시면 되지 않겠습니까?"

극뢰권마는 정말로 믿기지 않았다.

하지만 단순히 헛소리로만 치부할 수도 없었다.

지금까지 위지극이 보여준 행동을 생각하자면 결코 단언할 수 없었다.

그는 애써 예전의 도인을 기억해 냈다.

너무 오랫동안 잊고 있었기에 생각해 내는 데만도 한참이 걸렸다.

서서히 그의 전신에 진기가 차올라 팔을 향해 내달려 갔다.

그러나 역시 아니나 다를까, 팔꿈치에서 또다시 덜컥하고 멈추더니 되돌아갔다.

'역시… 아쉽겠지만 이번엔 네가 틀렸다.'

한데 바로 그 순간이었다.

되돌아가던 진기가 처음보다 더욱 바쁜 속도로, 더욱 거대한 힘을 가지고 주먹을 향해 내달리는 게 아닌가?

콰쾅!

"어엇?"

그는 자신도 모르게 소릴 냈다.

절벽에 새겨져 있던 주먹 자국은 흔적도 없이 사라지고 그 자리엔 한 자가 넘는 구멍이 뚫려 있었던 것이다.

이전과는 비할 수 없는 위력.

그는 당황스러웠다.

어떻게 이런 결과가 나왔는지 직접 펼친 그 자신도 알 수 없었다.

역경이 있을지라도 만선을 이룬 희열은 결국 거친 파도도 깨부순
다.

비급에서 만선타패를 설명하는 가장 첫 줄의 내용이었다.

이를 생각해 낸 극뢰권마는 어렴풋이 무언가를 알 것 같았
다.

'그런 뜻이었나?'

바람에 흩날리는 봄꽃처럼 유연해서는 파도를 깨부수지
못한다.

역경을 거치면 더욱 강해지는 게 사람이다.

결국 역경은 진기의 끊김이었고, 만선의 희열은 되돌아오
는 진기의 흐름이었음을 이제야 깨달은 것이다.

극뢰권마는 위지극을 새삼스러운 눈으로 바라보았다.

수십 년간 익히면서도 깨닫지 못했던 것을 어찌 이 아이는
알고 있을까?

그가 흑혈뢰권을 익히지 않았다는 말조차 이젠 믿을 수 없
었다.

직접 익히지 않으면 절대 알 수 없는 사실, 아니, 직접 익혀
도 알 수 없는 사실을 꿰차고 있으니 말이다.

'이대로 보낼 수 없다!'

처음 봤을 때는 제자로 삼으려 했다.

그러나 위지극이 성천에서 왔음을 알게 된 후 이는 바로 포

기했다.

그리고 지금은 다른 이유에서 그냥 보낼 수 없었다.

흑혈뢰권에 대해 더 긴 시간에 걸쳐 이야기를 해보아야만 했다.

이후, 극뢰권마는 위지극을 설득했다.

한데 의외로 위지극은 쉽게 승낙했고, 그렇게 그들의 기이한 동거는 시작되었던 것이다.

第四十三章
하산(下山)

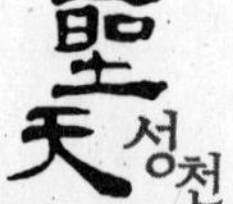

위지극은 눈을 감고 생각 중이다.

하지만 그 내용은 극뢰권마가 생각하듯 흑혈뢰권의 마지막 초식에 대한 것이 아니었다.

이미 창뢰불극에 대한 평가는 마쳤다.

그건 무혼심결이 보여주는 것과 정확히 일치했다.

더 이상 자신이 분간할 수 없을 정도의 경지였다.

문제는 다른 것이었다.

'이제 슬슬 가봐야겠는데…….'

어떻게 이곳을 벗어나는가였다.

위지극이 극뢰권마의 말에 응해 이곳에 남은 것은 자신에게도 도움이 될까 해서였다.

이들처럼 지고한 경지에 오른 무인들과 함께 무공에 대해 이야기해 보고 싶었다.

그러다 보면 가일층 자신의 실력도 증가하지 않을까 하는 예상에서였다.

그 예상은 어느 정도 들어맞았다.

확실히 혼원무혼검법에 대한 이해가 늘었다.

단순히 몸에 익어 펼치는 것이 아닌, 무공의 원론적인 이해, 그것에 발전이 있었다.

그러나 아쉽게도 그 이상의 성과를 얻지는 못했다.

이는 극뢰권마의 무공이 검법이 아닌, 권법이라는 사실도 한몫했다.

만약 검마와의 토론이었다면 또 결과가 어찌 되었을지 모르나, 아쉽게도 사대봉공 중 가장 무공이 높다는 혈참검마는 그림자조차 보지 못했다.

극뢰권마의 말로는 자주 있는 일이라 했다.

그는 다른 사람과 말을 섞는 것보다 그 시간에 무공을 익히기를 더 선호한다고 했다.

또한 백안독마와도 많은 이야기를 나누지 못했다.

아니, 자신 스스로 그와는 대면하기가 싫었다.

그는 북무림회에게 손을 쓴 장본인이니까.

사정은 백안독마 역시 다르지 않았다.

극뢰권마에게 듣기로 그는 자신을 죽이려 한다고 했다.

적존교는 성천에 원한을 가지고 있다.

그러나 사대봉공은 그와 별개로 성천을 상대해야 할 의무가 있다고 했다.

무슨 소린지 정확히 알 수는 없었지만, 한 가지는 분명했다.

지금이 아니더라도 언젠가는 이들 넷과 생사를 겨루어야 한다는 사실.

그 때문인지 극뢰권마는 자신에게 고마워해야 한다고 했다.

자기가 방패 역할을 하고 있기에 백안독마가 손을 쓰지 못하고 있다고.

만약 그렇지 않았다면 진즉에 독마의 손에 목숨을 잃었을 것이라 했다.

괜찮다.

어차피 역천지신, 한 번 죽어준다 해서 문제될 건 없었다.

그러나… 문제는 바로 사혼도마였다.

극뢰권마가 얼마나 사실에 과장을 섞어 이야기해 주었는지 모르나 사혼도마가 찾아와 한 말은 이것이었다.


"권마와의 일이 다 끝나면 나를 찾아와라."

미칠 노릇이다.

이제 됐다.

이미 시간도 많이 지났고, 얻을 것도 얻었다.

하지만 이대로 그냥 돌아간다고 하면 그가 발목을 잡을 게 뻔했다.

'무슨 수를 내야만 하는데, 적당한 게 뭐 없을까?'

위지극은 골똘히 생각하느라 시간 가는 줄을 몰랐다.

"이놈아, 아무리 마지막 초식이라지만, 뭘 그리 뜸을 들여. 기다리다 늙어죽겠다."

"아! 네."

위지극은 결국 마땅한 방법을 찾지 못한 채 상념에서 깨어났다.

"이번 것은 훌륭했습니다."

"그리고?"

"네?"

"그게 끝이야? 다른 거 뭐 없어?"

"아… 저, 뭐, 이번에는 딱히 드릴 말씀이 없네요. 완벽히 혈뢰사의 진전을 이어받은 듯합니다."

"호오, 그래?"

극뢰권마는 위지극의 대답이 만족스러운 듯 만면에 웃음을 지으며 턱수염을 쓰다듬었다.

지금까지는 이와 같은 말을 듣지 못했다.

적어도 뭐든지 하나는 꼬투리를 잡혔는데, 이번 것은 완벽했다고 하니 체면만 아니라면 대소라도 터뜨리고 싶은 심정이었다.

"저기, 어르신."

갑자기 위지극이 부르자 그는 흠칫하여 급히 물었다.

"왜 그러느냐? 이상한 점이 있었느냐?"

"그게 아니라, 이젠 저도 가봐야 할 때가 돼서요."

"어허, 안 되지. 아직 도마하고는 상대를 안 했잖아. 나야 그런대로 만족한다만, 만약 네가 이대로 사라져 버리면 그 뒷감당을 나보고 어찌하라는 게냐?"

"어르신께서 적당히 말씀해 주시면……."

"어림없다. 내 말은 씨알도 안 먹힐 거야."

그는 홰홰 도리질을 했다.

위지극은 한숨만 나왔다.

그가 낙담하고 있을 때였다.

삐이이이이!

천공에서 가슴을 시원하게 하는 맑은 소리가 울려 퍼졌다.

"유환!"

위지극이 번쩍 고개를 치켜들었다.

유환은 자신의 이름에 화답이라도 하듯 다시 한 번 크게 울더니 땅을 향해 빠른 속도로 날아내렸다.

그리고는 위지극의 어깨에 내려앉았다.

"이거, 혹시 신박청웅 아니냐?"

극뢰권마가 놀란 눈을 치켜뜨며 물었으나, 위지극은 듣지 못한 듯 유환의 머리만 연신 쓰다듬고 있었다.

마령곡에 오르기 전 들킬까 염려되어 잠시 풀어주었고 그 뒤로 한 번도 모습을 비추지 않았기에 혹시 다른 곳으로 가버린 줄로만 알고 있었다.

"어디 갔다 이제야 왔어?"

위지극이 유환의 부리를 만지작거리며 말하자, 유환은 한쪽 발을 내밀었다.

그곳에는 동글게 말린 종이가 단단히 묶여 있었다.

"이게 뭐지?"

급히 풀어보자 거기엔 조그만 글씨가 쓰여 있었다.


극아, 나 유 아저씨다.

꽤 오랫동안 보지 못했구나.

촌장님의 명으로 너를 만나려 했는데 여의치가 않아 이렇게 글로 남긴다.

무당으로 가거라.

그곳에서 현오라는 도호를 쓰는 사람을 찾아 네 어머니의 이름을 말하거라.

무당에서도 마침 너를 찾고 있다 하니 반갑게 맞아줄 것이다.

혹시나 해서 덧붙인다만, 어머니는 건강히 잘 계시니 걱정하지 말거라.

　다만 요즘 들어 너에 대한 이야기를 자주 하는 것을 보니 네가 몹시
도 그리운 모양이다. 그러니 빨리 해치우고 돌아오거라.


　'무당파에서 나를 찾고 있다고?'
　딱히 무당과 연관된 적이 없었는데 갑자기 찾는다 하니 의
아했다.
　위지극은 다시 한 번 편지를 훑어본 후에 미미하게 미간을
찌푸렸다.
　'빨리 해치우고 오라니, 그렇게 말처럼 쉬운 게 아니라고
요.'
　여기 있는 네 사람만 해도 자신으로서는 버겁기 짝이 없었
다.
　"이놈아, 이거 신박청웅 아니냐고!"
　"아! 맞습니다."
　위지극이 화들짝 놀라 대답했다.
　"오호~"
　순간 위지극의 귀에 침 넘어가는 소리가 들렸다.
　"미리 말해두지만 유환은 엄연히 주인이 있는 몸입니다.
그러니 이상한 생각 마십시오."
　"알았다, 이놈아. 설마 내가 잡아먹기라도 한데냐? 지레 겁
먹기는."

말은 그리하면서도 극뢰권마는 유환으로부터 시선을 떼지 못하고 있었다.

불안해진 위지극은 유환을 급히 날려 보냈다.

"유 아저씨에게 돌아가!"

"어이쿠! 저 아까운 것을……."

하늘로 날아오르는 유환을 보며 극뢰권마가 안타까움에 소릴 질렀다.

위지극은 극뢰권마를 한 번 흘겨보고는 입을 열었다.

"어르신, 지금 가봐야겠습니다."

"어딜 간다는 것이냐?"

대답은 절벽 뒤쪽에서 나왔다.

사혼도마였다.

그는 백안독마와 함께 느릿하게 걸어오고 있었는데, 한편에는 우희명이 있었다.

위지극은 태연하게 미소 지었다.

"설마하니, 어르신들께서 저를 붙잡진 않으시겠지요?"

"그러지 못할 이유도 없다."

냉랭한 사혼도마의 말에 위지극의 미소가 더욱 짙어졌다.

위지극이 우희명을 쳐다보자 그의 생각을 읽었는지 사혼도마의 한쪽 입꼬리가 미미하게 말려 올라갔다.

"쓸데없는 생각을 하는군."

그가 우희명의 어깨를 건드리자 그녀는 사혼도마에게 꾸

벅 인사를 하고는 위지극 쪽으로 뛰어가 옆에 섰다.

'과연 치졸한 사람들은 아니야.'

위지극은 안심했다.

그는 혹시나 우희명을 인질로 잡고 자신을 속박할까 내심 두려웠던 것이다.

"죄송하지만 이미 시간이 많이 지체되었습니다."

"그건 네 사정일 뿐이다."

"하면?"

"나와 함께 한 달만 있으면 된다. 물론 그다음은 독마의 마음먹기에 달려 있지만."

"자네의 마음은 고맙네만, 나에겐 저 아이가 필요없다네. 그러니 자네가 보내주고 싶을 때 보내주게나."

그 말에 극뢰권마와 사혼도마가 의외라는 듯이 쳐다보았지만, 독마는 느긋한 미소만 짓고 있었다.

"진심이오?"

"물론이네."

사혼도마는 가볍게 고개를 끄덕이고는 더 이상 묻지 않았다.

위지극은 그들의 대화를 십분 이해할 수 없었지만, 지금 급한 건 그게 아니었다.

지금으로선 한 달이라는 시간을 허비할 수 없었다.

무당으로 가서 어머니의 이름을 대라 한 것은 가족사의 뭔가가 그곳에 있기 때문일 것이다.

어쩌면 어머니께 듣지 못했던 아버지에 관한 이야기일지도 몰랐다.

위지극은 모종의 결단을 내리고 입을 열었다.

"어르신께서 익히신 일월사혼도법은 도법 중에서 아흔세 번째로 강한 무공입니다."

"그건 네 입으로 일전에 말한 바 있다."

"만약 저를 이대로 보내주신다면……."

"……?"

"가장 강한 무공을 보여 드리겠습니다. 물론, 제 화후는 지극히 낮지만 말입니다."

사혼도마의 안광이 갈무리된 와중에도 한순간 무서운 빛을 발했다.

"혼원무혼검이라는 그것 말이냐?"

"그렇습니다."

"검법이 아무리 뛰어나다 해도 너는 아직 미숙하다."

"직접 보시면 생각이 바뀌실지도 모릅니다."

"이 자리에서 죽고 싶은가 보군."

"그 말씀, 승낙으로 받아들여도 되겠습니까?"

사혼도마는 대답하지 않았다.

대신 도를 뽑아 들었다.

"이 녀석!"

보다 못한 극뢰권마가 나섰다.

사혼도마는 사정을 봐주지 않을 것이다.

자신과 사혼도마가 검과 도를 주고받은 것은 비무였으되 비무가 아니었다.

일도, 일검에 목숨이 걸린 겨룸이었다.

아무리 천하제일검을 익혔다고 해도 사혼도마의 도를 막는 것은 지금의 위지극으로서는 불가능했다.

극뢰권마가 보기에 위지극은 아직 멀었다.

겉으로 드러나는 내기는 형편없었고, 그것이 뛰어난 역량으로 감추었기 때문이라 해도 그 정도도 파악 못할 극뢰권마가 아니었다.

한 달만 참으면 되는 것을 왜 스스로 목숨을 버리려 하는가.

"저는 괜찮습니다."

위지극은 검을 뽑았다.

이에 극뢰권마는 멈칫하더니 이내 고개를 저으며 물러섰다.

사혼도마 앞에서 병기를 뽑아 든 이상 자신이 나서기에는 이미 늦었다.

"일 초식으로 승부를 보지요."

위지극의 말에 사혼도마는 천천히 고개를 끄덕였다.

"좋다. 나 역시 일 초식으로 제한하지."

사혼도마의 대답에 위지극은 내심 안도했다.

일 초식으로만 제한하면 일견 동등한 듯 보이나, 전적으로 자신에게 이득이었다.

역천지신을 가졌으니 목이 잘리는 것만 조심한다면 어떻게든 이곳을 벗어날 수 있으니 말이다.

더 이상의 대화는 무의미. 위지극은 곧바로 내력을 끌어올렸다.

우우우우웅.

미세한 공기의 진동이 위지극을 중심으로 퍼져 나갔다.

선천칠기의 힘이다.

뒤이어 곧바로 연자팔기가 섞여들어 갔다.

이에 무거웠던 진동이 오히려 가벼워졌다.

윙윙거리는 날벌레 소리와도 같은 음향이 연속으로 발해졌다.

"허!"

이를 지켜보던 극뢰권마가 놀라움을 감추지 못하고 자그마한 탄성을 질렀다.

진정 의외였다.

겉으로만 느껴지던 공력과 지금의 모습은 차원이 다르지 않은가?

어찌 저렇게 감쪽같이 공력을 숨길 수 있는 것인가.

하나 그것이 바로 선천진기의 힘이었다.

천하에서 가장 자연스러운 기운이 바로 선천진기다.

그러니 굳이 숨기려 노력하지 않아도 알아채기 힘들다.

그제야 극뢰권마는 깨달았다.

위지극이 처음 만났을 때 자신의 일장에 얻어맞고 비틀거리던 모습.

그것이 진정한 실력이 아니었음을 말이다.

'흥! 괘씸한 놈 같으니.'

어찌 됐든 이렇게 되었으니 기대가 생겼다.

이전에 알던 위지극이라면 아무리 천하제일검법을 펼친다 해도 별 볼일 없었을 것이나 지금 정도면 뭔가 하나 보여줄 것만 같았다.

위지극은 눈으로 사혼도마와의 거리를 쟀다.

대략 일 장 반.

두 걸음 내딛고 검을 뻗으면 닿을 거리다.

'좋아.'

이미 사용할 초식은 정해두었다.

생각은 짧고 행동은 빠르다

적룡대주를 상대로는 후수를 취했지만, 지금은 여유를 부리고 있을 때가 아니기에 선수를 취하기로 마음먹었다.

탁!

위지극의 발이 땅에서 떨어졌다 싶은 순간 곧장 한 걸음 전진하더니 뒤이어 눈부신 검광이 번뜩였다.

그와 동시에 사혼도마의 신형이 한차례 흔들렸다.

쾅! 촤악!

"큭!"

두 사람이 마주치는 순간, 누군가의 비틀린 신음 소리가 새어 나왔다.

"극아!"

우희명이 소리쳤다.

위지극이 비틀거리고 있었다.

움켜진 아랫배를 따라 흐르는 피가 장삼을 적시고 땅으로 흘러내리고 있었다.

우희명은 사색이 되어 위지극에게 달려가려 했다.

하나 극뢰권마가 그녀의 팔을 잡았다.

"놓으세요."

"기다려, 계집아."

"놓으라니까요. 저렇게… 저렇게 피를 흘리고 있는데……."

그녀가 울먹이는 목소리로 말을 잇지 못하자 극뢰권마가 대수롭지 않게 말했다.

"피 흘리는 정도는 무인이라면 당연히 감수해야 하는 것이지. 그보다 잘 봐라."

그는 사혼도마를 가리켰다.

"놀랍지 않으냐?"

우희명은 눈물을 훔치고는 사혼도마를 바라봤다.

"……!"

사혼도마의 장삼은 어깨 부근이 길게 베어져 너풀거리고 있었다.

그리고 그 사이로 드러난 살갗은 붉은빛으로 물들어 있었다.

"설마 저 정도일 줄은 몰랐구나."

우희명은 놀라 입이 벌어졌다.

사대봉공이 피를 흘리고 있었다.

교의 최고수 중 한 명이 위지극이 펼치는 무공을 완벽히 막아내지 못한 것이다.

두 눈으로 보면서도 믿지 못할 광경이었다.

"어떻게 된 거죠?"

"어떻게 된 거긴, 저 녀석의 검이 그만큼 뛰어났다는 것이겠지. 이거야 원, 자존심 상해서."

극뢰권마가 머리를 긁적이며 투덜댔다.

어떻게 보면 지금까지 완전히 속은 것이나 다름없었다.

위지극은 가까스로 바로 서더니 사혼도마에게 포권을 취했다.

"제가 졌습니다."

"나도 안다."

사혼도마는 표정에 변화가 없었다.

그가 기뻐하고 있는지 슬퍼하고 있는지, 아니면 화를 내고 있는지 위지극은 짐작할 수 없었다.

"그럼……."

"가도 좋다."

지든 이기든 일 초식을 받아냈으니, 그것으로 끝이었다.

위지극은 우희명을 손짓해서 부르더니 그녀의 부축을 받았다.

이어 극뢰권마에게 고개를 숙여 보이고는 그대로 산을 내려가 버렸다.

그 모습을 세 사람은 말없이 지켜보고 있었다.

그리고 두 사람이 완전히 시야에서 사라지자 극뢰권마가 불쑥 물었다.

"어땠나?"

"직접 보지 않았소?"

"가까이서 보진 못했지."

사혼도마는 눈을 감았다.

당시의 광경이 다시 떠올랐다.

위지극의 검은 빨랐다.

하나 막지 못할 정도는 아니었다. 그럼에도 상처를 입고 말았다.

이유는 알고 있었다.

위지극의 검이 한순간 한 자가량 늘어났다.

쾌검은 일반적으로 속도가 증가하지 않는다.

처음 검이 움직였을 때나 목표에 적중했을 때의 속도가 크게 차이가 없는 게 정상이다.

그러나 방금 전의 초식은 달랐다.

처음 속도에 비해 마지막은 거의 두세 배나 차이가 났다.

그 차이는 검이 찔러 나가는 속도가 빨라졌다기보다는 검이 갑자기 길어졌기에 속도가 증가하는 것과 동등한 효과를 냈다는 게 맞았다.

그랬기에 일월사혼도법 중 가장 빠른 일월분천을 전개했음에도 완벽히 막아내지 못한 것이다.

"만약 방금 전의 경지가 오성에 불과하다면……."

"그렇다면 뭔가?"

"십성을 이룬 저 검을 상대할 수 있는 사람은 천하에 오직 한 명뿐일 것이오."

사혼도마의 말에 극뢰권마의 표정이 다소 굳어졌다.

"그분 말인가?"

"그렇소."

"어허, 이거야 원. 그럼 저 아이의 말이 거짓이 아니었군. 자신이 배운 검법이 천하제일이라고 하더니."

극뢰권마는 입맛을 다시더니 이번엔 백안독마에게 물었다.

"그런데 자네는 웬일로 조용히 있었나? 저렇게 그냥 보내지 않을 것처럼 하더니 말일세."

"정말 그리 생각하나?"

백안독마의 눈은 웃고 있었다.

그 눈웃음을 본 극뢰권마가 흠칫하며 다시 물었다.

"설마, 이미……?"

"더 이상 말해봐야 무엇 하겠나. 저 아이는 이각을 넘기지 못할 걸세."

"이보게, 독마. 아무리 성천에서 왔다고 하지만 손이 너무 과하지 않은가? 아직 어린아이일 뿐인데."

"무슨 소리!"

갑자기 백안독마가 정색을 하며 소리쳤다.

"나이의 많고 적음이 무슨 상관이란 말인가? 성천과 관계된 자들은 모두 죽어야만 해. 자네도 잊지 말게. 우리가 왜 이곳에 있는지 말일세."

"……."

극뢰권마는 몇 번 입을 달싹였으나, 결국 아무 말도 하지 못했다.

그의 말은 틀리지 않았다.

성천을 말살하는 것, 그것이 자신들의 유일한 의무였기 때문이다.

게다가 지금은 모두 어느 정도 깨닫고 있겠지만, 위지극의 사부는 아무래도 성천의 천주가 아닌 듯싶었다.

그러니 더더욱 죽어야만 했다.

하지만 극뢰권마는 못내 가슴이 아팠다.

한 달이라는 시간이 길진 않지만, 그래도 나름 정이 들었으니.


우희명은 위지극을 업었다.

위지극이 괜찮다고 해도 그녀는 막무가내였다.

"어때? 좀 괜찮아? 만상유신공이었나? 그거 하고 있는 거야?"

상처 부위는 피범벅이 되어 얼마나 많이 베였는지 확인하진 못했다.

그렇지만 그의 상처는 결코 가볍지 않아 보였고, 금창약 하나 없는 지금 믿을 수 있는 건 오로지 만상유신공이라 하던 치유의 무공뿐이었다.

"응. 그런데 희명아, 이제 어느 정도 벗어났으니 잠시만 쉬었다 가자."

"아, 그래."

우희명은 비교적 넓고 평평한 바위 위에 위지극을 내려놓고는 옆에 쭈그려 앉았다.

"어때, 지금은?"

그녀는 찰싹 달라붙으며 다시 물었다.

위지극이 그녀를 슬그머니 쳐다보고는 중얼거리듯 말했다.

"조금만……."

"응? 뭔데? 말해봐."

"조금만 조용히 해줬으면……."

"……."

우희명은 심통이 난 듯한 표정이 되었으나, 금세 눈을 감아 버린 위지극은 이를 보지 못했다.

'뭔가 잘못됐어.'

위지극은 정신을 집중했다.

마령곡을 벗어난 직후부터 이상했다.

베인 상처는 쉽게 회복됐다. 피도 멈추었다.

하지만 그때부터 심장이 기이하게 빨리 뛰기 시작했다.

지금도 마치 대적을 만난 것마냥 쿵쾅거리고 있었다.

그에 따라 진기는 쉴 새 없이 전신을 휘저었다.

딱히 참지 못할 만큼 고통스럽지는 않았지만, 그렇다고 편히 걸을 수 있는 것도 아니었다.

게다가 불필요한 진기가 일어나니 머리도 깨질 듯이 아파왔다.

쿵! 쿵!

심장 소리가 귓가를 울렸다.

'이거!'

위지극은 지금까지와 비교할 수 없을 정도로 강한 심장의 울림을 듣고는 뭔가를 깨달았다.

그는 급히 눈을 뜨고는 우희명의 손을 잡았다.

"만… 약 내가 정신을 잃어도 놀라지 말고 일각만 기다려 줘. 아무것도 하지 말고, 아무 데도 가지 말고. 알았지……?"

"어?"

그녀는 깜짝 놀라 위지극을 쳐다보다가 이내 고개를 크게 끄덕였다.

"아… 알았어."

"고마워……."

그 말이 끝나는 순간이었다.

"우왁!"

위지극은 입으로 피를 한 사발이나 토해내더니 그대로 정신을 잃고 말았다.

*　　*　　*

"어서 오시오, 구 보주. 이게 대체 얼마 만이오."

금창사가 가주 사관홍은 반가운 얼굴로 자리에서 일어나며 두 사람을 맞이했다.

"이 년 전 회합 때 이후 처음이니 꽤 오랜만이구려."

"그렇군요. 자자, 거기 서 있지 말고 어서 와 앉으시오."

태화보주 구모상과 부보주 조탁성은 사관홍 앞에 앉으며 주위를 둘러보았다.

육대세가주의 집무실이니만큼 꽤나 호화로울 줄 알았는데, 정작 둘러보니 간소하기 그지없었다.

"한데… 이렇게 두 분께서 본 가에 직접 오시다니, 뭔가 중차대한 일이라도 있는가 보오."

구모상이 진지한 표정으로 입을 열었다.

"거두절미하고 말하겠소."

"……?"

"신박청응을 귀 가에서 가져가셨소?"

구모상은 애써 감춘다고는 했으나, 그의 음성에는 적개심이 드러나 있었다.

그만큼 신박청응을 가로채 간 금창사가에 대한 분노가 컸다.

"아! 그것 때문에 오셨소?"

사관홍이 대수롭지 않게 대답하자, 구모상은 더욱 분노가 치밀었다.

그가 대노하여 막 호통을 치려는 순간, 조탁성이 얼른 그의 팔을 붙잡았다.

"보주, 고정하시지요."

"흐으음."

그는 자신의 실태를 깨닫고는 한차례 깊은 숨을 내쉬었다.

하지만 그의 눈빛은 날카로웠고, 그런 눈빛으로 사관홍을 뚫어져라 노려보고 있었다.

"한번 대답해 보시오."

의외로 사관홍의 대답은 시원했다.

"보주의 말씀이 맞소. 신박청웅은 본 가에서 처리했소이다."

"그 말씀은 지금 도둑질을 했다고 스스로 시인하는 것이오?"

"허허, 말씀이 심하시구려. 도둑질이라니……."

"남의 물건을 함부로 가로채 갔으니 그게 도둑질이 아니면 대체 무엇이오!"

구모상의 목소리는 점점 커지고 있었다.

"내 구 보주께 한 가지 묻겠소."

"물어보시오."

"언제부터 신박청웅이 구 보주의 소유가 되었소?"

구모상은 한쪽 눈가를 씰룩였다.

신박청웅을 찾기 시작한 삼 년 전부터였다고 말하고 싶었으나, 실상 그것을 발견한 것은 채 몇 달 지나지 않았다.

"두어 달 됐소."

"두어 달이라……."

사관홍은 고개를 몇 번 주억거리고는 다시 물었다.

"하면, 신박청웅의 수명이 얼마나 되는지 아시오?"

구모상은 쓸데없는 질문에 슬슬 부아가 치밀고 있었지만, 대답하지 않을 수 없었다.

"적게는 수백에서 많게는 천 년을 산다 들었소만, 한데 그게 이번 일과 무슨 상관이기에 이리 물으시는 게요?"

"상관이 어찌 없을 수 있겠소? 구 보주께서 두어 달 전부터 주인이라면 그 전 주인도 있을 게 아니겠소. 설마하니 수백 년 동안 신박청웅이 사람 눈에 띄지 않고 혼자만 살아왔을 것 같소?"

그제야 구모상은 사관홍이 왜 그런 질문을 했는지 깨닫고는 희미하게 미소를 지었다.

하나 그 미소에는 진한 비웃음이 깔려 있었다.

"아하, 그래서 그 원래 주인이 사가주다, 지금 이 말씀이시오?"

사관홍은 여유롭게 고개를 저었다.

"그건 물론 아니오. 다만 본 가는 그 전 주인에게 신박청웅을 인계했을 뿐이오."

"뭐요?"

"해서 지금 신박청웅은 이곳에 없소."

구모상은 어이없다는 듯이 옆의 조탁성을 쳐다봤다.

지금 이자가 무슨 소리를 하고 있나 하는 표정이었다.

신박청웅과 같은 영물을 가로채 가놓고 주인을 찾아줘? 얼토당토않은 소리였다.

무엇보다도 육대세가의 하나인 금창사가가 뭐가 아쉬워 그런 허드렛일을 한단 말인가?

“도대체 말이 되는 말씀을 하시오. 지금 그걸 변명이라고 하고 있는 거요?”

“구 보주, 말씀이 심하시구려.”

사관홍의 얼굴이 순간 딱딱하게 굳었다.

“보주, 진정하시지요.”

조탁성도 분위기가 험악해지려 하자 한마디 거들었다.

하지만 구모상도 이번엔 참지 못하겠는 듯 버럭 소릴 질렀다.

“자네는 가만히 있게! 이런 헛소리를 계속 듣고 있어야 한단 말인가!”

“하지만 보주님……”

“헛소리라… 지금은 그리 들릴지 모르겠지만, 구 보주도 전 주인의 정체를 알고 나면 그런 말씀 못하실 거요.”

“내가 뭘 못한단 말이요! 그럼 그 전 주인이란 놈이 대체 누구요!”

구모상은 참지 못하고 자리에서 벌떡 일어섰다.

“구 보주도 들어서 알 것이오.”

“그러니까 말해보란 말이오!”

사관홍은 붉어진 얼굴로 씩씩대고 있는 구모상을 지그시 쳐다보다 조용히 입을 열었다.

“성천이오.”

“……?”

"못 알아들으셨소? 신박청웅은 원래 성천의 소유란 말이
오."

그 말에 구모상은 순식간에 얼이 빠진 표정이 되었다.

그는 한동한 멍하니 있다가 겨우 입을 열었다.

"성천이라면… 그 염 대협께서 계셨다던……."

"그렇소. 바로 그 성천이오."

구모상은 털썩 자리에 주저앉았다.

삼 년의 노력이 모두 수포로 돌아갔다.

상대가 성천이라면 아무리 삼보 중의 하나인 태화보라지
만, 따질 수 없는 노릇이었다.

게다가 왜 금창사가가 나서 그런 일을 처리했는지도 이해
가 갔다.

만약 자신들에게 일이 떨어졌어도 마찬가지였으리라.

문제는 그것만이 아니었다.

'이거, 큰일 아닌가?'

성천은 협의를 중히 여긴다.

인명을 경시하지 않는다.

그러나 그건 어디까지나 선한 자의 입장에서다.

악인의 입장에서는 성천은 무엇보다 두려운 존재였다.

주인이 있는 물건을 훔친 꼴이 되었으니 성천에게 태화보
가 도둑 소굴로 비칠 수 있는 노릇이었다.

그의 등줄기로 식은땀이 흘러내렸다.

"어쩌자고 그런 짓을 하셨소."

"나는 정말 몰랐소. 성천이 주인인 줄 알았다면 설마하니 내가 그랬겠소?"

"하여튼 일은 잘 풀렸으니 너무 걱정하지 마시오."

"……."

"다행히도 성천은 이번 일을 불문에 붙이기로 했소. 신박 청웅에 큰 이상이 없었기 때문이오. 만약 본 가에서 회수하는 것이 며칠만 더 늦었더라면……."

"감사하오, 참으로 감사하오."

구모상은 벌떡 일어나 포권을 취했다.

만약 태화보로 무사히 이송되고, 자신이 내단을 복용했더라면, 그때는 큰 화를 면치 못했을 터였다.

그러니 금창사가가 태화보주에겐 은인이라 할 수 있었다.

사관홍도 자리에서 일어나 마주 포권을 취했다.

"별말씀을 다 하시오. 강호는 동도라 서로 돕는 게 옳은 이치 아니겠소."

"감사하오. 이 은혜는 절대 잊지 않겠소."

사관홍이 괜찮다고 했으나, 구모상은 그 뒤로도 몇 번을 고맙다고 하고 나서야 금창사가를 떠났다.

홀로 남은 사관홍은 조용히 찻잔을 기울이며 미소 지었다.

'성천과 태화보 모두에게 빚을 지워둔 셈이로군.'

성천은 모르겠지만 태화보는 어떤 식으로든 이에 대한 보

답을 할 테니, 그로서는 한 번의 입놀림으로 큰 이득을 얻은
셈이었다.

'연화가 이번엔 큰 공을 세웠어.'

이번 일은 성천자와 사연화의 관계가 없었더라면 절대 이
루어질 수 없는 일이었다.

위지극이 유환을 데리고 떠났을 당시, 형가량은 배에서 내
리자마자 금창사가로 사람을 보내 위지극이 말한 바를 전했
다.

보고를 받은 사관홍은 대번에 일이 어떻게 돌아가고 있는
지 깨달았다.

연화를 통해 태평촌이 성천을 이르는 다른 말임을 이미 알
고 있었기 때문이다.

덕분에 큰 복을 얻게 되었으니 어찌 딸아이가 대견하지 않
겠는가.

'그나저나 성천자는 어디서 무엇을 하고 있는지 모르겠군.
오래도록 소식이 없으니 연화도 애가 타겠어.'

# 第四十四章
## 무당산(武當山)

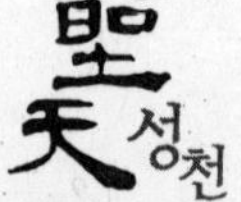

북무림회 정문 앞에 황의를 입은 노인이 한 명 서 있었다.

노인은 백발이 성성했는데도 팔 하나가 어린아이 허리만큼이나 굵었고, 허리도 호랑이의 그것과 같았다.

키도 커서 보통 사람보다 머리 하나는 더 있었고, 두 눈은 부리부리한 것이, 저승의 염왕처럼 보였다.

그는 커다란 도를 등에 메고 있었는데, 얼마나 큰지 웬만한 사람은 들기도 버거울 듯했다.

노인은 정문을 한 번 쓸어보고는 위사에게 성큼 걸어가더니 커다란 목소리로 말했다.

"회주에게 내가 왔다 고해라."

위사들 중 비교적 젊은 위사가 미미하게 얼굴을 찌푸렸다.

"뉘신지 말씀을 하셔야… 헙!"

그러나 그는 곧 다른 중년 위사에게 입을 틀어막혀 바둥댔다.

"죄송합니다, 도황 어르신. 이놈이 아직 여기 온 지 얼마 안 되어 어르신을 몰라뵙고 헛소리를 했습니다. 용서하시지요."

입이 막힌 젊은 위사는 눈을 부릅뜨고는 중년 위사를 쳐다봤다.

그 눈은 그 말이 정말이냐는 뜻을 담고 있었다.

하나 중년 위사는 황의노인에게 시선을 주고는 눈웃음을 쳤다.

"가서 전해."

"네, 네."

중년 위사는 연신 머리를 조아리고는 급히 다른 위사에게 명했다.

"뭣들 하고 있어! 너는 이분을 모시고, 너는 회주님께 도황 어르신께서 방문하셨다고 보고해."

그 말에 위사들이 일사불란하게 흩어졌다.

황의노인은 젊은 위사를 한 번 노려보고는 안으로 발걸음을 옮겼다.

"푸하!"

"이놈아, 너는 죽다 살아난 줄 알아. 그러니까 아무에게나 인상 쓰지 말란 말이다."

"제… 제가 방금 전에 죽을 뻔했나요?"

"멍청한 놈. 설마하니 죽이기야 하시겠냐? 기절 정도로 끝내시겠지."

젊은 위사는 놀란 가슴을 쓸어내리고는 사라져 가는 황의노인의 뒷모습을 보며 중얼거렸다.

"저 노인이 회주님보다 강하다는 삼황 중 도황……."


"잘들 있었는가?"

"어서 오십시오, 도황 어르신."

황의노인이 대청에 들어서자 중앙에 마련된 팔선탁에 앉아 있던 혁우상과 방사담이 자리에서 일어났다.

"뭘 일어서고들 그러나. 앉게, 앉아."

그 말에 방사담이 혁우상을 바라보며 어색한 웃음을 지었다.

일 년 전 이곳에 방문했을 때, 자리에서 일어나지 않았다고 노발대발했던 게 바로 그였기 때문이다.

"이곳에 온 것은 두 가지 일 때문일세. 하나는 자네들도 짐작하고 있겠지만……."

"사랑하는 제자를 보러 오셨겠지요?"

방사담의 말에 도황은 껄껄 웃었다.

"잘 맞추었네. 유아를 한동안 보지 못했더니, 그사이 잘 자랐는지 걱정이 돼서 말이야. 그런데 듣자하니……."

갑자기 도황이 정색을 했다.

"그 아이가 위험한 일을 겪었다던데, 그건 자네가 한 짓인가?"

방사담은 난처한 표정으로 혁우상을 바라봤다.

그러자 혁우상이 대신 대답했다.

"제가 임씨세가로 보냈습니다."

"그 아이는 아직 어린데다가 허약해. 그런 아이를 사지로 보낸 것은 조금 너무했다 생각지 않나?"

이는 소유아가 직접 들었다면 노발대발할 만한 말이었다.

게다가 소유아는 도황의 제자였지만, 엄연히 인청각원으로서의 일이 있었기에 그가 이렇게 따지고 드는 것은 이치에 맞지 않는 것이었다.

하나 혁우상은 찬찬히 설명했다.

북무림회 최고 수뇌회의에서 임씨세가 측이 도움을 거절했다는 것부터 인청각원을 보내게 된 연유까지 모든 이야기를 듣고 난 도황은 버럭 소릴 질렀다.

"그거, 미친 늙은이로군!"

"지금은 고인이 되셨습니다."

"아! 그… 그런가?"

그는 머쓱하니 머리를 긁적였다.

“그것 외에 또 다른 이유도 있었습니다.”

방사담이 깜짝 놀라 혁우상을 쳐다봤다.

“괜찮네. 어르신께는 말씀드려도 되겠지.”

“하지만……..”

“무슨 일인데 두 사람끼리 쑥덕거리고 있나?”

혁우상은 안색을 굳히고는 품에서 한 장의 종이를 꺼내 도황에게 내밀었다.

도황은 어리둥절해하면서도 받아 펴보았다.

거기에는 단 한 줄만이 적혀 있었다.


위지극을 사지로 보내시오.


“이게 뭔가?”

“자는 동안 제 머리맡에 놓여 있던 것입니다.”

“자네 머리맡?”

도황은 도저히 믿지 못하겠다는 표정이었다.

혁우상은 다시 생각해도 씁쓸한 듯, 그 역시 표정이 좋지 못했다.

“서명이나 인장은 없지만 성천주의 전언이라 생각됩니다.”

“가만… 그리고 보니 성천자라는 아이의 이름이 위지극이었지?”

"그렇습니다."

"한데 이게 유아와 무슨 관계가 있는가?"

방사담이 나섰다.

"모르셨습니까? 그 성천자와 유아는 같은 조에 속해 있습니다. 해서⋯⋯."

"오호라, 그래서 함께 보낼 수밖에 없었다, 이 뜻이로구만."

"그 점은 죄송스럽게 생각합니다."

혁우상이 사죄하자 도황은 무서운 눈빛으로 두 사람을 쏘아보았다.

그러면서도 얼굴빛이 계속해서 변했는데, 이를 보고 있는 방사담의 간이 콩알만 해질 지경이었다.

도황의 성질대로라면 언제 도를 뽑아 들지 모를 상황이었다.

그러나 다행히도 그의 예상은 빗나갔다.

"후우⋯⋯."

도황은 깊은 한숨을 내쉬고는 편지를 내려놨다.

"자네들도 고충이 있겠지. 그나저나 성천주란 사람도 이해할 수 없군그래. 기껏 사람을 보내놓고는 사지로 보내라니."

"제 생각에는 아마 경험을 쌓게 하기 위해서가 아닌가 싶습니다."

"호랑이가 제 새끼 다루듯이 말인가?"

"그렇습니다. 그리고 소식을 들으셨는지 모르겠지만, 결과적으로 그 아이 덕분에 임씨세가가 멸문의 화를 면하게 되었지요."

"그 이야기는 들었네. 믿기지 않더군. 그 나이에 임 가주를 뛰어넘는 실력을 지녔다는 게 말일세."

"하나 분명한 사실입니다."

"허, 확실히 세상은 오래 살고 볼 일이야."

"하면 또 다른 일은 무엇입니까?"

혁우상의 말에 도황은 근엄한 표정을 지었다.

"내 자네에게 묻겠네. 적존교 놈들을 언제까지 저리 놔둘 텐가?"

지금은 잠시 소강상태이긴 하나 적존교는 임씨세가를 꺾음으로써 하남 남쪽뿐만 아니라 북무림회가 있는 섬서의 동쪽까지 진출해 있는 상태였다.

"어르신, 그것은 급하게만 생각해서는 안 될 문제입니다."

방사담의 말에 도황은 인상을 찌푸렸다.

"그럼 느긋하게 생각하면 풀릴 문제란 말인가? 육문산을 대대적으로 치든지 뭔가 조치를 취해야 할 것이 아닌가?"

"육문산은 절진으로 둘러싸여 있어 함부로 공격하다간 낭패를 보기 십상입니다. 게다가 전력도 완전히 파악된 것이 아닙니다."

"하면 다른 방책이라도 있는가?"

"지금으로선 후공만이 유일한 방법입니다."

"저들이 기어나오면 상대해 주겠다? 쯧쯧, 참으로 소극적인 태도군그래."

"……."

방사담으로서는 고개를 들 수 없었다.

실상 북무림회는 이와 같은 상태에서는 무력했다.

대대적인 힘 싸움을 하면 모르겠으나, 육문산으로 직접 치러 가는 것은 섶을 지고 불속에 뛰어드는 꼴이었다.

"하면 언제쯤이나 저들이 기어나온다던가?"

"안타깝게도 지금으로선 그조차 확인할 수 없습니다. 대신 만약을 위해 육문산에서부터 이십여 리에 걸쳐 사람을 배치해 놓았지요."

"흠……."

방사담이 포위망을 그토록 넓게 잡은 것은 지난번과 같은 실책을 막기 위해서였다.

임씨세가의 일 때는 적존교의 이동을 완벽히 파악하지 못했던 것이다.

"좋네. 내 자네들에게 뭐라 할 입장도 아니니 더 이상 왈가왈부하지 않겠네. 대신 다음번 일이 터지려 하거든 내게 연락하게."

그 말에 방사담이 반색을 했다.

"어르신께서 직접 나서실 셈이십니까?"

"그렇네. 내 그놈들이 사십 년 동안 숨어서 얼마나 실력이 늘었는지 직접 확인해 볼 생각이라네.”

“감사드립니다.”

도황이 나선다면 천군만마를 얻은 것만큼이나 전력이 배가된다.

도황은 홀로 떠도는 존재. 그에게 북무림회가 일을 맡길 수 있는 신분이 아니었다.

그러던 차에 이처럼 스스로 찾아와 도움을 준다 하니 방사담뿐만 아니라 혁우상의 얼굴에도 기쁜 기색이 가득했다.

도황은 그들이 이처럼 기뻐하자 괜히 쑥쓰러운 듯 급히 자리에서 일어섰다.

“그럼 난 제자를 만나보러 먼저 일어나겠네.”


                    *          *          *


“푸아!”

거친 숨을 내뱉으며 위지극은 상체를 벌떡 일으켰다.

‘후, 정말 죽다 살아났네.’

“극아!”

갑자기 우희명이 달려들어 그를 와락 끌어안았다.

“어, 어……?”

덕분에 그 힘을 못 이기고 또다시 뒤로 드러눕고 말았다.

“자… 잠깐만. 나 숨 좀 쉬고…….”

그러나 위지극의 말에도 우희명은 손을 풀지 않았다.

위지극은 그녀를 떼어놓으려다가 가슴을 적시는 뭔가를 느끼고 손을 멈췄다.

‘눈물?’

그의 장삼은 어느새 우희명의 눈물로 흠뻑 젖어 있었던 것이다.

“너, 울어?”

“몰라. 죽은 줄 알았단 말이야.”

그녀는 위지극의 가슴에 얼굴을 묻은 채 흐느꼈다.

우희명은 정말로 위지극이 죽은 줄 알았다.

그가 피를 쏟고 쓰러지자 우희명은 대경하여 그의 맥부터 짚었다.

그런데 뛰지 않았다.

미세한 혈행도 느껴지지 않았다.

혹시나 싶어 가슴에 귀를 갖다 대봤지만 마찬가지, 아무 소리도 들리지 않았다.

전신에서 핏기가 사라져 갔고, 숨은 멈추었다.

완벽한 시체.

위지극의 상태는 바로 그것이었다.

우희명은 심장이 덜컥 멈추는 기분이었다.

도대체 왜? 베인 곳은 아랫배인데, 이미 상처도 아물었는데 왜 갑자기……

그녀는 자신도 모르게 눈물이 흘러내렸다.

하지만 기다렸다.

마지막 위지극의 말이 있었기 때문이다.

아니, 그 말이 없었어도 그녀는 위지극의 곁을 떠나지 않았을 것이다.

그렇게 시간이 흘렀다.

위지극은 일각만 기다려 달라 했지만, 일각이 지나고 이각이 되어도 그는 깨어나지 않았다.

그리고 반 시진이 다 되었을 때에서야 이렇게 깨어난 것이었다.

위지극은 우희명의 등을 토닥거렸다.

"바보. 난 죽지 않아, 절대로 죽지 않아."

위지극은 우희명이 고개를 끄덕이는 게 가슴으로 느껴졌다.

그는 우희명을 쓰다듬으면서 한편으론 독마에 대한 적개심이 끓어올랐다.

이런 짓을 할 사람은 독마밖에 없었다.

분명 독에 당한 것이었다.

심장이 두근거리고 더욱 빠르게 뛰는 순간, 위지극은 그 사실을 깨달았다.

그리고 이런 속도로 심장이 뛰다가는 얼마 지나지 않아 터지고 말 것이라는 사실을 직감했다.

과연 예상대로였다.

심장은 산산이 부서졌다.

그 충격이 너무나 컸기에 정신을 잃고 말았다.

'어쩐지 너무 곱게 보내주는가 싶었다.'

위지극의 머릿속에 옥잠으로 머리를 곱게 틀어 올린 백안 독마의 웃고 있는 모습이 그려졌다.

'두고 보자! 오늘의 빚은 반드시 배로 갚아줄 테니.'


　　　　　　*　　　　*　　　　*


"성천자를 찾았습니다."

흑령은 수하의 말에 눈을 빛냈다.

"그는 운현을 지나고 있었습니다."

"운현? 확실한 것이냐?"

흑령이 의외란 표정으로 되물었다.

그곳은 육문산의 지척이나 다름없었다.

한 달 동안이나 모습을 보이지 않던 성천자가 어떻게 갑자기 그곳에서 나타난단 말인가?

하지만 수하는 자신있게 대답했다.

"확실합니다."

"지금 어디로 가고 있느냐?"

"남쪽으로 가고 있는 것으로 보아, 추측키로 무당이 아닐까 싶습니다."

흑령은 고개를 주억거렸다.

"그렇겠지. 무당에서 찾고 있다는 소문을 그놈도 들었을 테니 틀림없을 것이다. 그런데 가만……."

흑령은 말을 멈추고는 잠시 생각에 잠기는가 싶더니 갑자기 두 눈을 부릅떴다.

"운현을 지나 무당으로 가고 있다면 이곳을 거쳐 갔다는 말인가?"

육문산에서 무당으로 가는 길에 위치한 것이 바로 운현이었다.

"이게 대체 어떻게 된 거지?"

아무리 생각해 봐도 절대 일어날 수 없는 일이었다.

성천자가 본산에 오지 않았다는 것은 이미 교주에게까지 보고된 내용이었으니, 거짓일 리 없었다.

"알 수 없는 일이로군."

그는 잠시 더 생각해 보았으나 위지극의 행적을 유추해 내기란 지난했다.

결국 그는 괜한 고민을 하기보다는 앞으로의 일을 계획하는 것이 더 중요하다 생각했다.

"흐음, 그럼 오늘이나 내일 중에는 무당에 도착하겠군."

"아마도 그럴 것입니다."

"빌어먹을!"

그렇다면 성천자가 무당에 이르기 전에 따라잡는 것은 불가능했다.

"혹시 사매도?"

"그게……."

"사실대로 말해!"

"백령께서 그와 동행하고 계셨습니다."

흑령은 주먹을 깨질 듯이 쥐었다.

"단원들에게 준비하라 명하라. 두 시진 후 무당으로 출발한다."

"하지만 그곳은 이미 청령님께서……."

"사형은 상관없어. 우린 무당을 상대하러 가는 게 아니니까. 성천자 하나만 노리면 돼."

"알겠습니다."

쾅!

수하가 물러나고 나자 흑령은 탁자를 거칠게 내려쳤다.

'아직 늦지 않았을지도 몰라. 어디서 노닥거리기라도 했다면…….'

*         *         *


"원주님!"

"무슨 일인데 그리 호들갑인가!"

북무림에서 회의 내부 규율과 관리, 그리고 정보를 책임지는 해사원주 여장엽이 바삐 뛰어와 헉헉대고 있는 수하에게 호통을 쳤다.

"적존교의 다음 행보가 입수되었습니다!"

"뭣이?"

"이달 보름에 무당을 친다고 합니다."

"정확한 것이냐!"

"천하상단으로부터 흘러나온 정보라 합니다."

천하상단!

적존교의 돈줄을 맡고 있는 상단이다.

그러니 어느 정도 신뢰는 있다. 그러나,

"천하상단이 왜 그런 중한 이야기를 흘린단 말이냐?"

"그것까지는 모르겠사오나, 상단의 부단주의 입에서 나왔다 합니다."

"부단주라면 누구 말이냐?"

"미위방이라고 하는데, 상계에서는 큰손 중 하나입니다."

"흐음……."

여장엽은 고심했다.

과연 진실일까, 아니면 적들의 계략일까.

이는 실상 미위방이 그런 이야기를 할 만한 이유 자체가 없었기 때문이다.

"원주님, 그리고 또 한 가지가 있습니다."

“뭐냐?”

“미위방은 이미 죽었습니다.”

“뭣!”

여장엽은 버럭 소리쳤다.

“그게… 천하상단과 거래하는 상인 중에 하나가 다음날 그를 만나러 갔는데, 그가 이미 죽었다는 말을 들었답니다. 가족들 역시 모두 죽임을 당했다고…….”

“그걸 왜 지금에서야 말하느냐!”

여장엽은 수하에게 호통을 치고는 급히 방을 나섰다.


“하면 방 군사는 그것이 적의 계략이라고 생각하는가?”

“그럴 가능성이 다분합니다.”

혁우상의 말에 방사담은 고개를 끄덕였다.

“하지만 상단의 부단주가 목숨을 잃지 않았나. 계략이라고 하기에 너무 큰 희생인데.”

“그 정도 희생을 들여야 계략이라 할 수 있지요.”

“허, 자넨 말을 무섭게 하는구만.”

“적존교의 입장에서 생각하다 보니 그리되고 말았습니다.”

방사담은 희미하게 웃었다.

“그리고 사실 그는 죽지 않았는지도 모릅니다. 죽었다는 것도 상인이 그들에게서 들은 말이니까요. 일이 모두 끝나고 나서 다시 모습을 드러낼지도 모르지요."

"흐음, 하긴 그도 그렇군."

혁우상은 잠시 생각하더니 다시 말을 꺼냈다.

"한데 말이네……."

"말씀하시지요."

"너무 뜬금없지 않나? 임씨세가를 칠 때와는 전혀 다른 모습이니 말일세. 그때는 보란 듯이 지목해 놓고 공격하더니 지금은 그런 약은 계략을 쓰다니. 앞뒤가 맞지 않아."

방사담도 수긍하듯 고개를 끄덕였다.

"저도 그 점이 가장 의문입니다. 계략이라고 하기에도 이상하고, 그렇다고 사실이라고 하기엔 허점이 많으니까요. 일개 상인이 적존교를 배신했다는 게 믿기지 않습니다. 그것도 천하상단의 부단주가 말입니다."

"그렇지. 천하상단은 처음부터 적존교에 속한 상태였으니까."

"해서 말씀드립니다만, 진실이든 아니든 그에 대한 대응책은 마련해야 할 듯싶습니다."

"그래야겠지. 일단 무당에 사람을 보내 소식을 전하고, 회에서도 무인들을 보내야겠어."

"그리 조치하겠습니다."


* * *

위지극은 육문산을 내려오자마자 곧바로 무당으로 행로를 잡았다.

무당산과 육문산은 각기 호북과 하남으로, 위치한 성은 다르지만 거리상으로는 삼백여 리에 불과했다.

무당산에 가까워지자 위지극은 우희명더러 하루만 기다려 달라 하고는 혼자서 산을 올랐다

무당산은 가파르고 길이 구불구불하여 초입까지 다다르는 데에는 한참이 걸렸다.

무당이라 쓰여 있는 현판이 저 멀리 눈에 들어오자 위지극은 고개를 절레절레 저었다.

"강호에 나와 도대체 산을 몇 번째 오르는 거야. 이러다 산 타는 재주만 늘겠네."

입구에 당도한 위지극은 자신 또래 정도로 보이는 세 명의 젊은 도사가 이야기를 나누고 있는 것을 보고는 그들에게 다가갔다.

"저기, 말씀 좀 여쭙겠습니다. 이곳이 무당파가 맞습니까?"

"그렇습니다만……."

그중 한 명이 위지극의 위아래를 훑어보며 대답했다.

"귀 파에서 저를 찾고 있다는 소식을 듣고 왔습니다. 한데 어디로 가야 할지 몰라서……,"

그는 무슨 소리인지 모르겠다는 듯이 동료들을 바라보더니 물었다.

"이름이 어찌 되시오?"

"위지극이라 합니다."

그 말에 세 사람은 동그란 눈을 하고 위지극을 쳐다봤다.

"왜 그러십니까? 제가 잘못 찾아온 것인지?"

"귀하가 그럼 성천자시오?"

위지극은 머리를 긁적였다.

몇 번 들은 말이긴 했지만, 성천자라니 영 어색하기만 했다.

"남들이 그리 부른다더군요."

"아!"

질문을 했던 젊은 도사는 갑자기 탄성을 내지르더니 갑자기 포권을 취했다.

"이렇게 고인을 만나뵙게 되어 영광입니다."

갑작스러운 태도 변화에 위지극은 당황스러웠다.

게다가 고인이라니, 이처럼 어린 고인이 어디 있단 말인가?

그러나 위지극이 그러거나 말거나 젊은 도사는 만면에 웃음을 띠며 연신 고개를 주억거렸다.

"맞게 잘 찾아오셨습니다. 윗분들께서 기다리신 지 오래되셨습니다. 저를 따라오시지요."

젊은 도사가 위지극을 안내하며 다른 이들에게 손짓하자, 그중 한 명이 쏜살같이 위로 달려올라 갔다.

그 모습을 지켜보던 위지극은 내심 부럽다는 생각을 지울 수 없었다.

그는 마치 오르막길을 평지 달리듯 하고 있었던 것이다.

'저 정도면 산 오르는 것도 정말 쉽겠다. 나는 언제쯤이나 가능하려나.'

위지극이 멍하니 경공을 펼치는 모습을 지켜보고 있자, 젊은 도사가 웃음을 띠며 말했다.

"지루하시겠지만 성천자께선 천천히 올라가시지요. 저 친구는 보고를 하기 위해 먼저 가는 것이니 양해를 부탁드리겠습니다. 또한 천천히 걸으며 무당의 절경을 느껴보시는 것도 괜찮을 것입니다."

속도 모르고 하는 말에 위지극은 피식 웃음이 나왔다.

어차피 빨리 올라가려 해도 그럴 수 없는 몸이었으니 말이다.

"저는 괜찮습니다. 그렇게 하지요."

위지극은 태연하게 대답하며 그와 보조를 맞춰 산을 올랐다.

주위를 둘러보니 과연 그의 말대로 무당산은 험하고도 깊은 골짜기로 이루어져 있어 장관을 만들어내고 있었다.

그런 무당산을 보고 있자니, 자신도 모르게 웅지가 피어올랐다.

'천하제일인이라······.'

지금까지는 한 번도 생각해 보지 않은 일이었다.

되도록 빨리 문제를 해결하고 우희명과 함께 강호를 주유하고 싶었다.

사랑하는 사람과 함께하는 여행. 생각만 해도 즐겁지 아니한가.

한데 거기에 이제 한 가지가 더 추가되었다.

천하제일인.

화공에게는 가장 그림을 잘 그리는 사람이, 문인에게는 대정승이 천하제일인이다.

그와 마찬가지로 무인에게 있어서는 천하에서 가장 강한 사람이 바로 천하제일인이었다.

사실 이런 꿈을 품게 된 것은 무공에 목매는 극뢰권마와 함께 생활하면서 자연스럽게 생겨난 것이었으나, 무당산을 보게 되자 그때의 기억이 다시금 떠올랐던 것이다.

그런데······.

'천하제일인이고 뭐고 일단 경공부터 익혀야겠다. 아이고, 죽겠네.'

"저기, 아직 멀었습니까?"

한참이 지나도 끝이 보이지 않자 참다못한 위지극이 물었다.

"이제 절반쯤 왔습니다. 이렇게 천천히 걸으려니 지루하시지요?"

'지루한 게 아니라 힘들어 죽겠네요!'

위지극의 이마에 한줄기 핏줄이 솟았다 사라졌다.

"아닙니다. 단지 궁금해서 물었을 뿐입니다."

"시간이 좀 지났으니, 지금부터는 걸음을 빨리해도 될 듯 싶은데, 어떻습니까?"

"아… 안 됩니다. 아니, 괜찮습니다. 이런 절경을 볼 수 있는 것도 모처럼의 기회니 결코 놓칠 수 없지요."

위지극은 애써 태연한 척하며 주위를 둘러봤다.

"그렇습니까? 하하하."

위지극의 귀에는 젊은 도사의 커다란 웃음소리가 마치 악인의 그것처럼 들렸다.

과연 젊은 도사의 말대로 왔던 길만큼 산을 더 오르자 자소전이 나타났다.

그는 위지극더러 들어가라 하고 자신은 휙휙 신형을 날려 산을 내려갔다.

'빠르다, 빨라.'

위지극은 다시 한 번 경공의 필요성을 절실히 깨닫고는 자소전의 문을 열었다.

"들어오시게."

그와 동시에 늙수그레한 음성이 들려왔다.

안은 대낮인데도 그리 밝지 않았다.

모든 창은 닫혀 있었고, 몇 개의 초만이 안을 밝히고 있었다.

그러나 두 사람의 모습을 확인할 정도는 되었다.

위지극은 그들 앞까지 걸어가 포권을 취했다.

"위지극입니다. 저를 찾으셨다 들었습니다."

"이렇게 와주어서 고맙네. 거기 앉으시게."

두 사람 중 비교적 나이가 적어 보이는 도사가 자리를 권했다.

"나는 새로이 장문 직을 맡게 된 능운이라 하네. 그리고 이 분은 대장로이신 진우 사백이시네."

"만나뵙게 되어 영광입니다."

위지극의 말에 그를 유심히 살피고 있던 진우자가 입을 열었다.

"으음, 과연 인재는 젊은이들 중에 난다더니, 자네를 보니 그 말이 허언이 아님을 알겠군그래."

"과찬의 말씀이십니다."

"절대 과찬이 아닐세. 보이는 그대로와 알려진 사실만을 가지고도 충분히 놀랄 만하다네."

진우자의 말에 위지극은 고개를 숙였다.

저런 칭찬을 면전에서 받자니 절로 낯이 뜨거워졌다.

진우자는 길게 기른 수염을 쓰다듬다가 넌지시 물었다.

"들자하니 이번에 적존교주와 담판을 지으러 갔다는 소문이 있던데, 그게 사실인가?"

위지극은 깜짝 놀라 고개를 들었다.

어떻게 이 노인이 그런 사실까지 알고 있는지 의아했다.

한편 진우자는 위지극의 표정에서 그의 생각을 읽었다.

"이런, 소문이 진짜였나 보구먼."

"아, 아닙니다. 육문산 근처에 있었을 뿐입니다. 어떻게 그런 허황된 소문이 났는지……."

"자네를 직접 만났다는 남궁무한이란 친구가 그리 말했다던데."

'아니, 이 사람이!'

위지극의 머릿속에 남궁무한의 실실거리고 웃는 모습이 스쳐 갔다.

첫인상부터 오지랖 넓어 보이더니, 잘도 일을 저지르고 다녔다.

"그분을 만난 것은 맞습니다만, 재미있으신 분이군요. 추측이 너무 지나쳤습니다."

"그런가……?"

능운자는 알겠다는 듯이 고개를 끄덕였다.

사실 그로서는 그보다 더 중요한 문제가 있었다.

"자네를 무당에서 보자 한 것은… 흐음……."

능운자는 막상 말을 하려다 보니 참으로 힘들었다.

“들었다시피 전대 장문인께서 피살된…….”

“네?”

위지극이 자신도 모르게 소릴 질렀다.

“몰랐는가, 전대 장문인이셨던 현우 사숙께서 불공성천이라 시신에 글을 쓰는 자들로 인해 유명을 달리하신 것을?”

“전… 전혀 모르고 있었습니다.”

“그랬구만…….”

그는 침통한 표정을 짓고는 다시 말을 이었다.

“그래서 자네에게 묻고자 하네. 그들의 정체에 대해 아는 게 있는가? 아무래도 성천과 관련된 자들임이 분명하기에 말일세.”

“죄송하지만, 저 역시 그들에 대해 아는 게 없습니다. 성천 안에서도 그들에 대한 이야기는 들은 적이 없어서…….”

“허…….”

진우자와 능운자의 얼굴에는 아쉬운 빛이 가득했다.

강호에서 그들에 대해 알고 있을 거라 생각했던 유일한 사람이 성천자였건만, 그 역시 모른다 하니 낙담이 클 수밖에 없었다.

“도움이 되어드리지 못해 죄송합니다.”

“아니네. 모르는 것을 어찌하겠는가. 다만 하루라도 빨리 그들의 암약하는 것을 막아야 할 텐데, 그게 걱정된다네.”

권제에 이어 무당 장문인까지 희생됐다.

앞으로 얼마나 많은 강호 명숙들이 그들에 의해 목숨을 잃게 될지는 아무도 몰랐다.

능운자가 진우자를 바라보자 그가 가볍게 고개를 끄덕이며 눈짓을 했다.

"하면 대신 다른 부탁이 있는데, 들어주겠는가?"

"무엇인지요?"

"큰 실례인 줄은 아네만, 무당에서 성천의 천주를 한번 뵈었으면 하는데… 가능하겠는가?"

'촌장님을?'

위지극은 잠시 의아했으나, 금세 깨달을 수 있었다.

장문인의 피살은 그만큼 무당으로선 중대한 사건일 수밖에 없었고, 어떻게 해서든 흉수를 잡고 싶은 마음일 것이다.

자신이 모른다고 하자 그들이 기댈 수 있는 건 촌장님밖에 없었으니.

"제가 그곳을 떠나오기 전, 명심하라 들은 말이 있었습니다."

"그게 무엇인가?"

"그곳의 내부 사정을 절대 말하지 말라는 것이었지요."

"아! 그렇겠지. 어쩌면 당연한 일이네."

"해서 확언을 드릴 수는 없지만… 성천에 돌아가게 되면 말씀드려 보겠습니다."

"그래 주겠는가? 정말 고맙네."

위지극의 말에 능운자의 얼굴이 그제야 펴졌다.

"하지만 언제가 될지, 또 승낙하실지 어떨지는 저 역시 알 수 없으니……."

"아니네. 부탁을 전해주는 것만으로도 무당으로선 고마울 따름이라네."

그는 연신 고개를 끄덕이고는 말을 이었다.

"혹시, 자네 무당에 바라는 것이 있는가? 만약 있다면 개의치 말고 말해보게."

이에 위지극은 생각하지도 않고 바로 대답했다.

"있습니다."

하지만 금세 자신의 실태를 깨닫고는 입을 다물었다.

이는 아무리 보아도 무당에 처음부터 뭔가를 바라고 온 듯한 느낌이 들지 않은가?

"허허, 말해보게. 뭔데 그러는가?"

위지극은 버릇처럼 머리를 긁적이고는 조심스럽게 물었다.

"이곳에 현오라는 도호를 쓰시는 분이 계십니까?"

그 말에 능운자는 어리둥절한 표정을 지었다.

"현오? 오 자를 쓰신다면 세 배분이나 위가 될 터인데……."

능운자는 그런 도호를 처음 들었다.

행여 그런 사람이 있다 해도 세 배분이나 차이가 나니 그가 알긴 힘들었다.

"혹시 사백께선 아십니까?"

능운자가 진우자를 돌아봤다.

그런데 진우자가 양 입술을 굳게 다문 것이, 뭔가 심상치 않아 보이는 게 아닌가.

"그분은 왜 찾는가?"

"그건……."

위지극이 우물쭈물하자 진우자가 말했다.

"대답하지 않아도 괜찮네. 그럼 걱정 말고 쉬고 계시게. 잠시 후 사람을 보내겠네."

위지극은 그가 자신이 이만 물러나기를 바란다는 것을 깨닫고는 포권을 취하고 자소전을 나섰다.

그가 사라지자 능운자가 놀랍다는 듯이 물었다.

"오 자를 쓰시는 분 중에 아직까지 살아 계신 분이 계셨습니까?"

"그렇네. 유일하게 남은 분이지."

"전 지금까지 전혀 몰랐습니다."

"자네가 모르는 건 당연하네. 아무도 말해주지 않았을 테니까."

"어째서입니까?"

진우자는 잠시 천장을 올려다보다가 이내 깊은 한숨을 내쉬었다.

"그럴 만한 사정이 있다네."

그 말을 끝으로 그는 굳게 입을 다물었다.


위지극이 잠시 객을 위한 방에서 쉬고 있자 과연 진우자의 말대로 도사 한 명이 찾아왔다.

그리고 그를 따라 도착한 곳은 무당산에서도 꽤나 외진 곳이었다.

그곳에 세워진 작은 모옥 하나.

도교의 사찰이라는 기분이 전혀 들지 않는 그 모옥은 얼기설기 대충 지어졌고, 주위는 밭으로 둘러싸여 있었다.

"이곳입니다. 안에 들어가시면 그분이 계실 겁니다."

도사는 그 말만을 남기고 뭐가 두려운지 금세 돌아가 버렸다.

위지극은 옷을 단정히 하고 모옥의 문을 두드렸다.

"계십니까?"

그러나 아무 반응이 없었다.

"현오 어르신 계십니까? 성천에서 온 위지극이라 합니다."

잠시 기다리던 위지극이 다시 문을 두드렸으나, 역시 아무런 대꾸도 없었다.

'이거, 아무리 봐도 빈집인데?'

기를 집중해 봐도 인기척은 느껴지지 않았다.

그래도 혹시나 싶어 문을 밀자 스르르 열렸다.

"웬 놈이야!"

'헛!'

위지극은 갑자기 등 뒤에서 들려오는 고함 소리에 숨이 덜 컥 멈췄다.

그가 뒤돌아보니 곳곳이 찢어지고 몇 달을 빨지 않았는지 남루하기 짝이 없는 도포를 입은 노인이 눈을 부라리고 서 있 었다.

"죄송합니다. 사람이 없는 줄 알고."

"사람이 없으면 그렇게 들어가도 되느냐?"

"……"

위지극이 당황하여 아무 말도 하지 못하고 있자, 노인이 다 시 윽박질렀다.

"뭣 하는 놈이야?"

"저… 무당에 손으로 온 위지극이라 합니다."

"손? 무당이 너 같은 어린애를 손님으로 들여?"

"그게 사정이 있어서… 그런데 어르신께서 현오란 이름을 쓰시는 분이신가요?"

"현오? 그런 사람 몰라. 그러니 당장 꺼져!"

"전 여기에 그분이 계시다는 말을 듣고……"

"아, 글쎄, 모른다니까!"

위지극은 울컥 화가 치밀었지만 상대가 노인인지라 어찌 하지 못하고 돌아섰다.

'도대체 뭐야? 사람 놀리는 것도 아니고.'

위지극이 투덜대며 걸어가자 갑자기 뒤에서 노인이 다시 불렀다.

"어이, 거기 서. 이제 기억났다. 내가 현오다."

"네?"

"뭘 놀라? 내가 그 현오라니까."

"하지만 방금 전엔 분명 모르는 사람이라고……."

"내가 언제?"

"방금 전에요."

"별 미친놈 다보겠네. 난 그런 말 한 적 없다."

노인은 단호하게 말하고는 히죽거렸다.

'아니, 이 영감쟁이가!'

위지극은 눈에 힘이 들어갔다.

"근데 나를 찾아온 거냐?"

"그렇습니다."

"왜?"

위지극은 과연 말을 해야 하나 망설였다.

아무리 봐도 노인은 정상이라고 말하기에 힘들었기 때문이다.

그러나 여기까지 힘들게 온 게 아쉬워서라도 묻지 않을 수 없었다.

"혹시 위지령이란 분을 아십니까?"

“아하! 령이.”

“아십니까?”

깜짝 놀란 위지극은 자신도 모르게 그에게 바짝 다가섰다.

“알다마다. 꽤나 귀여웠지. 활달하기도 하고, 싹싹하기도 하고. 나한테 맛있는 것도 몇 번이나 갖다줬지.”

위지극은 점점 흥분되었다.

드디어 어머니의 과거를 아는 사람을 만났다.

“하지만, 쯧쯧…….”

“왜 그러십니까? 안 좋은 일이라도 있었습니까?”

“그 애는 나를 좋아해서 그런 게 아니었거든. 내가 멍청해 보여도 그 정도 눈치는 있어.”

“그럼 그분이 좋아하신 분은 누구였습니까?”

위지극은 가슴이 쿵쾅거렸다.

아마도 다음에 나올 사람이 자신의 아버지일 가능성이 컸기 때문이다.

그런데…….

“어라? 내가 지금 여기서 뭐 하고 있지?”

“네?”

“넌 또 누구야?”

위지극은 멍하니 노인을 바라보았다.

잘나가다 갑자기 웬 뚱딴지같은 소리를 하는 걸까?

“저기… 전 위지극이고. 지금까지 위지령이란 분에 대해 말씀하고 계셨는데요……?”

“위지령이 누군데?”

“…….”

위지극은 맥이 탁 풀렸다.

그제야 왜 현오란 이름을 꺼냈을 때 대장로가 그런 표정을 지었는지 알 수 있을 것 같았다.

이 노인은 제정신이 아니었다.

단지 나이가 들어 정신이 오락가락하는지 모르겠지만, 어찌 됐든 난감한 일이었다.

‘후~ 이거, 어쩌지?’

위지극은 머리를 벅벅 긁었다.

노인은 분명 어머니에 대해 알고 있는 눈치였다.

모르면 몰랐으되, 그 사실을 안 이상 이렇게 포기하고 돌아갈 순 없었다.

그러나 시간이 많지 않았다.

우희명을 어르고 달래 겨우 하루를 얻어냈다.

즉, 오늘 하루, 적어도 내일까지는 노인으로부터 어머니에 관한 이야기를 들어야만 했다.

위지극이 생각하고 있는 와중에 노인은 호미를 들고 터덜터덜 밭으로 걸어가고 있었다.

‘좋아. 사내가 칼을 뽑았으면 뭐라도 하나 베야지!’

"같이 가요!"

위지극은 두리번거리다 바닥에서 뒹굴고 있는 호미를 발
견해 주워 들고는 노인의 뒤를 따라 뛰어갔다.

第四十五章
과거지사(過去之事)

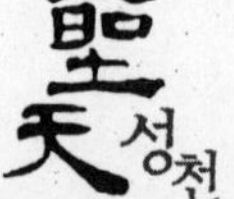

“위지령!”

“뭐?”

“아니, 뭐 그렇다고요.”

“근데 너 누구야? 왜 여기 있어?”

“어르신의 친구지요. 에~ 그리고 말벗해 드리려고 함께 있는 겁니다.”

위지극은 히죽 웃었다.

그러나 속은 점점 타들어가고 있었다.

‘아, 제발 빨리 좀 말하세요, 할아버지!’

위지극은 벌써 두 시진 가까이 현오자와 함께 밭을 매고 있었다.

　그러는 와중에 중간 중간 위지령을 외치며 그의 기억을 끄집어내려 했다.

　그러나 처음 알은척했던 그 이후로 현오자는 엉뚱한 소리만 계속해 댔다.

　위지극이 자신의 이름을 몇 번이나 말해도 잠시 후면 잊어버리기 일쑤였고, 지금은 위지극도 포기한 채 자신을 친구라고만 둘러대고 있었다.

　"말벗 필요없다. 난 외롭지도, 심심하지도 않아. 그러니 어서 가버려."

　"하하, 저는 심심합니다. 그러니 가지 않을 겁니다."

　"이놈이!"

　그는 몇 번 눈을 부라리더니, 다시 부지런히 손을 놀리기 시작했다.

　그 이후로도 몇 번인가 위지극은 위지령을 불러댔지만, 시끄럽다는 소리만 들었다.

　시간이 흘러 밤이 깊어지자 현오자는 자야겠다며 모옥으로 들어가 버렸다.

　위지극도 따라 들어가려 했으나 그가 노발대발하는 통에 결국 밖에서 잠을 청할 수밖에 없었다.

　팔베개를 하고 누운 위지극은 밤하늘을 올려다봤다.

　하늘을 가득 채우고 있는 별.

노숙하는 게 처음은 아니었지만, 이렇게 무당산에서 올려 다본 하늘은 이전의 하늘과 또 달랐다.

'내일은 말해주시겠지.'

위지극은 애써 자신을 위로하며 잠이 들었다.


＊　　＊　　＊


만물이 잠든 고요하고 깊은 밤.

그리고 낮 동안 술 때문에 며느리와 티격태격거렸던 태평 촌장도 예외는 아니었다.

드르렁거리는 소리가 적막을 깨는 유일한 소리였다.

그러던 어느 한순간, 촌장의 코 고는 소리가 멈췄다.

"엇!"

태평촌장은 갑자기 상체를 벌떡 일으키더니 미간을 찌푸 렸다.

그의 안색은 지금까지와는 달리 진지하기 그지없었다.

'설마⋯⋯?'

태평촌장은 자리에서 일어나 뜰로 나갔다. 그리더니 밤하 늘을 올려다봤다.

그의 표정이 더욱 침중하게 굳어졌다.

그는 잠시 무언가를 생각하는 듯하더니 한쪽으로 고개를 돌렸다.

[이염!]

'촌장님?'
한참 꿈속을 헤매던 대장장이 이씨가 번쩍 눈을 떴다.
팍!
기묘한 소리와 함께 그가 누워 있던 자리에는 이불만이 덩그라니 남았다.


태평촌장이 심어로 이염을 부른 지 채 셋을 헤아리기도 전에 방금 전까지만 해도 이불 속에 있었던 그가 촌장 앞에 모습을 드러냈다.
"부르셨습니까?"
"잠을 깨워서 미안하네."
"별말씀을. 한데 어인 일로……."
"자네가 나갔다 와야겠어."
순간 이염의 입가에 미소가 서렸다.
"급한 일인가 보군요."
"그래."
"하명하십시오."
이염이 한쪽 무릎을 꿇었다.
"극이를 데려오게."
"극이 말씀입니까?"

이염이 놀란 눈으로 촌장을 올려다보았다.

"그래. 자네가 제때 도착하지 못하면 죽을 수도 있어."

"감히 어느 놈이!"

이염의 양미간이 하늘로 곧게 솟구쳤다.

"흥분하지 말게. 그리고 자네는 절대 손을 쓰지 말고. 명심해야 해."

"알겠습니다. 하면 어디로 가야 하는지요?"

이염이 묻자, 촌장은 잠시 눈을 감았다 뜨더니 대답했다.

"무당산 북쪽 기슭이야. 천이백 리 길이지. 네 시진 안에 도착해야 하네. 할 수 있겠나?"

이염은 기묘한 미소를 지었다.

"저를 잊으셨습니까?"

"허허, 내 어찌 비천광마(飛天光魔)를 잊을 수 있겠나."

"오랜만에 듣는군요, 그 이름."

"그럼 다녀오게."

이염이 인사를 하고 떠나려 하자 급히 촌장이 말했다.

"아, 하나 잊은 게 있구만. 극이와 함께 있는 여자아이도 데려오게."

"호오, 그 녀석, 벌써 정인을 만들었나 보군요."

그는 대견하다는 표정으로 고개를 끄덕이더니 이내 하늘을 올려다봤다.

그 순간,

쾅!

마치 폭약이 터지는 듯한 굉음이 발하더니 그의 신형이 허공으로 곧장 숫구쳤다.

그리고 동쪽으로 방향을 틀고는 눈 깜짝할 사이에 밤하늘 속으로 사라져 버렸다.

"예나 지금이나 요란한 건 여전하구만."

촌장은 그가 사라진 하늘을 오래도록 쳐다보고 있다가 신형을 돌려세웠다.

그러나 그는 방으로 들어가려 몇 걸음 걷다가 이내 멈춰 섰다.

"아니지. 극이가 돌아오면 그 친구가 힘을 써줘야 할 테니, 미리 말해둬야겠어."

촌장은 기지개를 크게 켜고는 사립문을 나섰다.


*　　　*　　　*


위지극은 어렴풋하게 느껴지는 햇살에 천천히 눈을 떴다.

"일어났느냐?"

모옥으로부터 들려오는 목소리.

바로 현오자의 목소리였다.

한데, 진중했다.

이곳에 와서 처음 듣는 진지한 목소리. 위지극은 벌떡 일어났다.

모옥의 창가를 통해 현오자가 자신을 쳐다보고 있었다.

"일어나셨습니까?"

"그곳에서 잤느냐?"

"아, 그렇지요."

위지극은 희미하게 웃었다.

"들어오거라."

위지극은 기다렸다는 듯이 모옥으로 들어갔다.

모옥 안은 그야말로 보잘것없었다.

다 헐어빠진 침상과 곧이라도 허물어질 듯한 탁자 하나가 전부였다.

"우두커니 서 있지 말고 거기에라도 앉아."

현오자의 손짓에 위지극이 침상에 걸터앉자 그는 위지극 앞에 와서 섰다.

키가 워낙 작은 그인지라, 서 있음에도 위지극과 머리 위치가 같았다

그렇지만 그의 전신에서는 쉽게 범접하지 못할 위엄이 흘러나오고 있어, 위지극은 마치 그가 자신보다 몇 배나 더 큰 것처럼 착각이 일었다.

어제와는 전혀 다른 모습.

과연 그처럼 미친 행동을 보이던 노인이었나 하는 의구심이 들 정도였다.

“위지령을 아냐고 했느냐?”

위지극은 흠칫 놀라 급히 물었다.

“어제 일을 기억하십니까?”

“물론이지. 그런데 왜 그녀에 대해 알려고 하느냐?”

위지극은 잠시 망설였다.

과연 그에게 사실대로 말해도 좋을까 싶었다.

그러나 물어보라 한 것이 유 아저씨였으니 말해주어도 상관없을 듯했다.

“그분은 저의 모친이십니다.”

“……!”

순간 현오자의 얼굴빛이 홱 변했다.

“방금 뭐라고 했느냐!”

그의 신형이 번개처럼 움직이더니 위지극의 양어깨를 움켜잡았다.

그 힘이 얼마나 셌는지 위지극은 어깨뼈가 으스러질 지경이었다.

“저의 모친이라고…….”

위지극은 아픔 때문에 점점 표정이 일그러지고 있었지만, 현오자는 이를 개의치 않고 위지극의 눈만 뚫어지게 바라보고 있었다.

그의 눈에는 놀람과 경악, 그리고 안타까움이 뒤섞여 있었다.

"네가… 네가… 그 녀석의 아들이구나……."

갑자기 그의 눈빛이 크게 흔들렸고, 이내 굵은 눈물이 흘러내렸다.

"왜… 그러십니까?"

위지극은 너무나 당황스러웠다.

그러나 현오자는 그에 대한 대답없이 위지극의 얼굴만 바라보며 눈물을 흘리고 있었다.

그렇게 얼마나 지났을까.

현오자가 위지극의 어깨에서 천천히 손을 떼더니 드디어 말문을 열었다.

"네가 그 녀석의 아들이라면 성천에서 왔겠구나."

"어떻게 아셨습니까?"

"하하하하! 모를 수 없지, 모를 수가 없어."

그는 갑자기 대소를 터뜨렸다.

그러고는 어리둥절해하는 위지극을 보며 인자한 미소를 지었다.

"보아하니 그 아이에게 아무 말도 듣지 못했나 보구나."

"그 아이라시면, 어머니 말씀이십니까?"

"그래, 네 어미 말이다. 하긴 그래야 그 녀석답지."

그는 고개를 주억거리더니 위지극의 옆에 앉았다.

"이렇게 보니 과연 네 아비를 많이 닮았구나."

'아버지!'

그의 입에서 부친에 대한 이야기가 나오자 위지극은 자신도 모르게 한차례 몸을 부르르 떨었다.

현오자는 그런 위지극을 지그시 쳐다보다 천천히 고개를 저었다.

"네 부친은 나의 사제이자, 무당의 장문인이다."

"……!"

순간 위지극의 눈이 찢어질 듯 커졌다.

'장문인? 아버지가?'

"아니, 장문인이었다는 말이 더 맞겠구나. 꽤 오래전의 일이니 말이다."

"그게 사실입니까?"

"물론이지. 하지만 말이다……."

이어지는 현오자의 이야기는 놀라운 것이었다.

위지령은 원래 무당산 아래에 있는 야채상에서 허드렛일을 하는 소녀였다.

그러던 그녀가 무당파의 장문인이었던 무오를 만나게 된 것은 그야말로 우연이었다.

당시 그녀의 나이 스무 살이었고, 강호는 적존교가 염상천의 손에 막 괴멸된 후였다.

때문에 구대문파는 강호의 민심을 다독이려 자주 수뇌회의를 열었는데, 마침 회의를 마치고 돌아오던 무오의 눈에 그녀가 띄었던 것이다.

그녀는 물론 아름다웠다.

하지만 무오가 그녀에게 시선을 둔 것은 미모 때문이 아니었다.

바로 천음절맥(天陰絶脈)!

그녀의 미간에 서린 음한 기운으로 인해 천음절맥을 알아보았기 때문이다.

천음절맥은 스물다섯이 되는 해에 목숨을 앗아가는 불치의 병.

무오는 그냥 보아 넘길 수 없었다.

천음절맥이 죽음의 병이라고는 하나 무당 최고의 양강지공인 천존양휘공(天尊陽輝功)의 대성을 앞두고 있던 무오는 가능성이 있으리라 판단했다.

어찌 도인의 신분으로 치료의 가능성이 있는데 못 본 체하겠는가?

그러나 무당에 여인을 들일 수는 없는 법.

할 수 없이 무오는 천존양휘공의 연공에 힘을 쓰는 한편, 무당산 아래에서 그녀를 만나 치료를 시작했다.

그때만 해도 무오는 설마하니 그녀에 대한 관심이 결코 가져서는 안 될 감정으로 변하게 될 줄 미처 예상하지 못했다.

그렇게 일 년이 가고 이 년이 되었을 즈음, 위지령과 무오는 서로 사랑하고 있다는 사실을 깨달은 것이다.

두 사람의 나이 차는 거의 사십. 게다가 무당의 제자는 혼

인을 하지 못한다는 규율이 있었으니 이는 결코 이루어질 수
없는 사랑이었다.

그러나 사랑은 모든 것은 초월했다.

나이도, 규율도 그 앞에서는 무용지물이었다.

하지만 두 사람에게는 결정적인 문제가 남아 있었다.

천음절맥.

이 년에 걸친 무오의 노력에도 불구하고 그것은 완치되지
않았다.

그녀는 점점 건강이 악화되어 갔고, 그런 그녀를 보는 무오
역시 자신의 목숨이 갉아 없어지는 듯 처참한 기분이었다.

그런 그때 두 사람 앞에 구원자가 나타났다.

짙은 회의를 입은 중년인.

그는 놀랍게도 무오를 능가하는 고수였고, 해박한 지식을
가지고 있었다.

더욱 놀라운 것은 그가 성천에서 왔다는 점이었다.

성천!

위지령은 처음 들었으나, 무당의 장문인인 무오는 이미 그
곳이 어떤 곳이라는 것을 잘 알고 있었다.

바로 천외천의 고수들이 모인 곳.

무오는 회의중년인을 따로 만나 그에게 부탁했다.

그녀를 고쳐 달라고. 당신이라면 가능한 일이 아니냐고.

그러나 회의중년인은 자신에겐 그런 능력이 없다고 했다.

대신 성천에 가면 고칠 수 있는 사람이 있으나 그곳에 들어가
면 다신 돌아오지 못하다고 했다.

무오는 고민하지 않았다.

그녀를 살릴 수 있다면 평생 그녀를 보지 못해도 참을 수
있었다.

무오가 그 말을 꺼냈을 때, 위지령은 펄쩍 뛰었다.

그녀는 그의 품에서 죽고 싶었다.

그것이 무오와 떨어지는 것보다 더 행복했다.

두 사람의 말싸움은 길어졌고, 마침내 무오는 결단을 내렸
다.

그녀를 사랑하지 않는다고 말한 것이다.

그로선 그게 최선의 방법이었다.

당연히 위지령은 그의 말을 믿지 않았다.

사랑이란 것이 말로써만 느낄 수 있는 게 아니기 때문이다.

그러나 무오는 자신의 말을 증명이라도 하듯이 다시는 그
녀를 찾지 않았다.

그렇게 두 달이 흘렀다.

처음엔 슬픔을 못 이겨 울기만 하던 그녀는 그가 오래도록
찾아오지 않자 처음의 그리워하던 감정이 점점 증오로 변하
게 되었다.

거기에는 무오를 잊으라는 회의중년인의 설득도 크게 작
용했다.

　　결국 위지령은 그렇게 회의중년인을 따라 성천에 들어가고 말았다.

　　"그 사실을 아는 사람은 무당에서 나뿐이었다. 사제도 나에게만은 숨기지 않았지. 해서 그 아이를 함께 보러 간 적도 있단다."

　　현오자는 그 당시를 회상하자 감상이 이는 듯 지그시 천장을 올려다봤다.

　　'어머니……'

　　위지극은 그제야 어머니가 왜 아버지에 대한 이야기를 단한 번도 하지 않았는지 알 수 있었다.

　　얼마나 상심이 컸겠는가?

　　"아… 아버지는 그 후 어찌 되셨습니까?"

　　현오자는 깊은 한숨을 내쉬었다.

　　그의 눈에는 측은함이 가득 묻어 나오고 있었다.

　　"처음에는 사제도 무척이나 힘들어했지. 그러나 점차 이겨내는 듯 보였다. 해서 나도 내심 안심하던 차였지. 그런데 그게 아니었다."

　　"……?"

　　"사제는 폐관수련을 마치고 나온 지 삼 년도 채 되지 않았는데, 다시 수련을 한다는 말을 남기고 폐관동에 들어가 버렸다. 그리고 무려 오 년이나 나오지 않았다."

　　"오 년이나 말씀입니까?"

"그래. 아무리 폐관수련이라고는 하나 너무 긴 시간이지. 그래서 원래 해서는 안 되는 일이지만 나는 폐관동의 문을 부수고 안으로 들어갔다. 그리고 그때서야 깨달을 수 있었다."

그는 다시 깊은 한숨을 내쉬고는 가까스로 말을 이었다.

"사제가 결코 그녀를 잊은 게 아니라는 사실을 말이다. 왜냐하면 사제는… 사제는… 스스로 목숨을 끊었기 때문이다."

"……!"

그의 말을 듣는 순간 위지극은 마치 천 길 낭떠러지에서 떨어진 듯 정신이 아득해졌다.

침이 마르고 전신은 돌처럼 굳어 손가락 하나 까딱할 수 없었다.

"아직까지도 사제가 자결한 정확한 이유는 모른다. 무당의 장문인으로서의 죄책감에서인지, 아니면 그 아이에 대한 사랑이 지극하여 잊지 못해서인지. 그러나 사제가 죽기 전에 남긴 마지막 한 글자를 되새긴다면……."

"그게 무엇입니까! 아버지께서 남기신 마지막 글자가 무엇입니까?"

위지극이 다급하게 묻자 현오자가 지긋한 눈빛으로 그를 쳐다보며 대답했다.

"그건 사랑 애(愛)였다."

"……."

위지극은 떨리는 눈빛으로 현오자를 쳐다보다 결국 참지

못하고 고개를 떨구고 말았다.

그의 장삼에는 굵은 눈물이 점점이 떨어져 번져 가고 있었다.

'아버지……'

*　　　*　　　*

"언니, 우리가 가장 먼저 무당에 도착하는 거겠지?"

"아마 그럴 거야."

소유아가 묻자 사연화가 고개를 끄덕이며 대답했다.

"으휴, 아무리 생각해도 올핸 너무 바쁜 것 같아. 일 하나 끝내면 또 일이 생기고, 그거 겨우 끝내고 나면 또 생기고… 각주님은 아주 우릴 혹사시켜 죽일 생각인가 봐."

"하하하, 설마… 그러다가 네 사부님한테 무슨 꼴을 당하시려고."

나뭇가지를 쳐내며 앞장서 가던 금산청이 호탕하게 웃었다.

위지극을 제외한 인청각 이십일조원, 그들은 무당산 서쪽 기슭을 올라가는 중이었다.

본래 이십일조는 단강 남쪽에 인접한 정금에서 벌어진 문파 간 다툼을 중재하기 위해 투입되었다.

다행인지 그 일은 예상외로 쉽게 해결되었고, 막 귀환하려던 차에 북무림회로부터 무당파로 가라는 전갈을 받게 되었다.

적존교의 공격이 있을지 모른다는 이유였다.

정금에서 무당파까지는 이틀 거리. 본단의 인력 중 가장 가까운 곳에 있던 그들인지라 급할 게 없었건만 그럼에도 금산청은 지름길을 택했다.

"떠나기 전에 잠시 뵈었잖아. 정정하실 뿐만 아니라 성격도 여전하시던데."

"아냐. 오라버니는 몰라. 사부님도 예전 같지 않았어. 옛날에는 나를 어깨에 올려놓고 하루 종일 강호를 돌아다녀도 끄떡없었는데 며칠 전에는 일각도 안 되어 슬그머니 내려놓으시더라고."

"유아야, 그건 말이다. 네가 무거워져서……."

"그만!"

소유아는 귀를 막으며 빽! 하고 소리 질렀다.

"조금만 더 해봐. 콱 물어버릴 테니까."

"근데……."

뒤따라오던 혁조영이 슬그머니 말을 꺼냈다.

"왜 안 오는 걸까요?"

금산청이 무슨 뜻인지 몰라 돌아보다 시무룩해져 있는 그의 얼굴을 보고는 이내 깨달았다.

"극이 말이구나."

"네……."

"흐음, 글쎄다."

우희명을 따라 적존교로 간 지 한참이나 되었다.

소문처럼 위지극이 적존교주와 담판을 지으러 간 게 아니라는 사실은 이미 알고 있었지만, 그래도 한편으로는 걱정이 일었다.

만약 그가 뜻한 바대로 일이 처리됐더라면 지금처럼 무당을 도우러 자신들이 파견될 일이 없었다.

물론 이는 희박한 가능성이기에 처음부터 기대도 하지 않았지만, 적어도 무사하다면 이미 돌아왔어야 정상이었다.

'혹시……'

어떤 변을 당하진 않았을까?

우희명이 적존교주의 딸이기에 설마 하는 생각은 있었지만, 적존교주가 어떤 사람이라는 것을 잘 모르기에 확언할 수만도 없었다.

'그때 말렸어야 했는지도……'

금산청은 후회가 되었다.

하지만 애써 웃음을 지으며 대답했다.

"걱정하지 마. 별일 없을 거다. 극이는 성천에서 왔으니까."

"그렇겠죠?"

"아무렴, 당연하지."

금산청은 크게 고개를 끄덕였다.

맞다. 위지극은 성천자였다.

그것 하나만은 절대 바뀌지 않는 진실이었다.

이십일조원들은 애써 위지극에 대한 걱정을 접어두고 산행을 계속했다.

산 두 개를 넘고 나자 드디어 무당산 초입과 이어지는 비교적 커다란 길이 나타났다.

"이제 다 온 건가요?"

혁조영이 물었다.

"그래. 저 아랫길을 따라 반 시진쯤 올라가면 무당 건물들이 눈에 들어오기 시작할 거다."

금산청이 땀을 훔치며 대답했다. 그때였다.

"어! 저기!"

소유아가 아래를 가리키며 소리쳤다.

"저거 지난번에 그 재수없던 애 아니야?"

사연화는 그녀의 손을 따라 시력을 돋워 바라보더니 반색을 했다.

"맞아, 유아야. 우희명이라 했던 그 애야."

"정말 그러네. 그런데 왜 여기에 있는 거지?"

"어쩌면 극이도 이 근처에 있는 게 아닐까요?"

"아! 그렇겠구나."

위지극이 그녀를 따라갔으니 함께 있을지도 몰랐다.

"산청이 형, 어찌 됐든 내려가 보죠."

"그러자꾸나."

우희명은 쪼그리고 앉아서 무당산과 이어지는 산길을 뚫어져라 바라보고 있었다.

"왜 아직까지 안 오는 거야."

그녀는 고운 아미를 한껏 찌푸렸다.

하루라는 시간은 이미 다 갔다.

아침 일찍 이곳에서 만나기로 약속했건만, 해가 중천에 다다르고 있는데도 위지극은 나타나지 않고 있었다.

"가서 놀고 있는 거 아니야?"

그녀는 혼자만의 상상이 마치 진실이라도 되는 듯 인상을 팍 썼다.

"아무튼 오기만 해봐. 가만 안 놔둬."

우희명이 툴툴대고 있을 때였다.

"야!"

기다리고 있는 쪽이 아닌 엉뚱한 방향에서 앙칼진 소녀 목소리가 튀어나왔다.

"너 여기서 뭐 해!"

제일 먼저 도착한 소유아가 고리눈을 하곤 그녀 앞에 섰다.

우희명은 소유아를 올려다보고는 고개를 돌려 버렸다.

"뭐야? 지금 나 무시하는 거야?"

소유아가 잔뜩 뿔이 나 물었으나, 이번에도 우희명은 대답하지 않았다.

그녀는 소유아와 상대하고픈 마음이 없었다.

위지극을 너무 오래 기다리느라 힘이 빠져 대꾸하고 싶지도 않았다.

하지만…….

"우 소저, 오랜만이오."

금산청의 인사마저 무시할 수는 없었다.

위지극이 금산청을 친형처럼 대한다는 사실을 알고 있었기 때문이다.

"그렇군요."

그녀의 대답에 금산청은 가벼운 미소를 지었다.

"한 달이 넘었지요. 한데 이곳에는 어인 일로……."

"극이를 기다리고 있어요."

금산청은 흠칫하며 다시 물었다.

"극이가 무당파에 갔습니까?"

"그래요. 찾고 있는 사람이 있다고 올라가서는 하루가 지나도 안 오네요."

우희명의 목소리에는 은연중에 짜증이 묻어 나오고 있었다.

하지만 금산청은 그보다 다른 것에 이상함을 느끼고 고개를 갸우뚱했다.

'찾고 있는 사람? 무당파에서 극일 찾고 있다는 것은 알고 있었지만, 극이도 무당파에서 찾는 사람이 있었나?

하지만 그 이유를 짐작할 수는 없었다.

아니, 그보다…….

'다행이구나. 무사했어.'

금산청은 가슴을 쓸어내렸다.

그와 마찬가지로 옆에 있는 사연화도 안도의 표정을 짓고 있었다.

"극이가 소저와 함께 갔던 일은 잘 해결되었습니까?"

"전혀요."

"……?"

적존교주를 만났는데 잘 안 됐다는 뜻인가, 아니면 아예 만나지도 못했다는 뜻인가.

금산청은 알 수 없었다.

하지만 우희명은 금산청의 궁금증을 풀어주지 않았다.

그녀는 그때 일을 생각하자 슬슬 성질이 나고 있었던 것이다.

위지극은 자신이 원하는 것을 하나도 하지 않았다.

무공을 배우기는커녕, 오히려 마지막엔 목숨을 잃을 뻔하지 않았던가.

한 달이라는 시간 동안 극뢰권마와 노닥거리기나 하고 말이다.

그래 가지고 과연 흑령을 이길까 하는 걱정이 밀려왔다.

아무리 기다려도 그녀가 인상만 찌푸리고 있자 금산청은 멋쩍은 웃음을 지을 수밖에 없었다.

第四十六章
위기의 이십일조

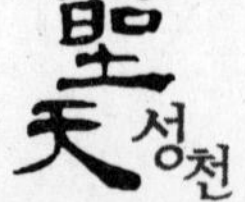

‘아버지······.’

위지극은 터벅거리며 산을 내려오고 있었다.

그러면서도 머릿속에서는 아버지와 어머니에 대한 생각이 끊이질 않았다.

아버지에 대한 배신감을 가슴에 품고 성천에 들어섰을 어머니의 심정, 그리고 그렇게 어머니를 보내고 홀로 목숨을 끊은 아버지의 비애가 마치 자신이 겪은 일처럼 그대로 느껴지고 있었다.

어머니는 그 사실을 알고 계실까?

아버지가 이미 고인이 되었다는 사실을 알고 계실까?

아마도 모르실 것이다.

만약 아셨다면 자신에게 아버지에 대한 얘기를 하지 않았을 리 없다.

자신의 성도 위지가 아니고, 아버지의 성을 따랐으리라.

'비밀로 해야겠다.'

위지극은 내심 마음먹었다.

그게 최선의 방도였다.

이대로 모르시는 편이 더 나으리라.

위지극은 길게 한숨을 내쉬었다.

'그나저나 이제부터 희명이 얼굴을 어떻게 보지?'

현오자의 이야기로부터 알 수 있었던 것은 어머니에 얽힌 과거뿐만이 아니었다.

아버지가 목숨을 끊은 것이 거의 사십 년 전이었던 것이다.

그러면 자신은 도대체 언제 태어난 것인가?

나이가 도대체 몇인가?

어머니의 나이는? 염 아저씨와 촌장님의 나이는?

태평촌을 떠나기 전에 염 아저씨가 자신의 나이가 열일곱이라 말해주었던 것이 생각났다.

'새빨간 거짓말!'

그의 행동이 이해 가지 않는 건 아니다.

그렇지 않았으면 강호에 나가 혼란을 겪을 수도 있었다.

하지만 적어도 진실은 알려주었어야 하지 않았을까?

‘이것도 당분간 비밀로 해야겠어.’

다른 사람은 몰라도 우희명에겐 절대 말 못한다.

아니, 다른 사람에게도 비밀이다.

만약 들통이라도 난다면, 괜히 어색한 사이로 변할 수도 있었다.

상념에 젖어 걸은 지 얼마나 되었을까.

위지극은 어느새 우희명과 만나기로 한 장소에 거의 도착해 있었다.

그런데 그를 기다리고 있는 사람은 우희명만이 아니었다.

“산청이 형? 연화?”

그녀 주위에는 이십일조원들도 있었다.

반가운 마음에 위지극은 내달렸다.

“극이다!”

달려오는 위지극을 가장 먼저 발견한 것은 위도곡이었다.

“진짜네!”

“왔구나.”

저마다 한마디씩 하는 사이 위지극은 그들 앞에 당도했다.

위지극은 환한 표정으로 자신을 쳐다보고 있는 친구들을 바라보았다.

헤어진 지 얼마 되지 않았건만, 왜 이렇게 반가운 것일까?

특히 우희명은 하루밖에 되지 않았음에도 더욱 예뻐 보였다.

"무사했구나! 이 녀석."

"당연하죠. 죽으러 간 것도 아닌데."

금산청의 말에 위지극이 빙긋 웃었다.

하지만 금산청이 고개를 저으며 말했다.

"네가 죽었다는 소문도 있었다."

"에? 말도 안 돼요."

"사람 마음이라는 게 아니라는 것을 알면서도 소문에 흔들리게 마련이야. 어찌 됐든 이렇게 무사한 것을 보니 다행이구나."

"걱정을 끼쳐 드려 죄송해요."

위지극도 이번 일로 깨달은 바가 있었다.

그리고 자신이 얼마나 무모했는지도 알 수 있었다.

금산청은 위지극을 달래듯이 그의 어깨를 두드렸다.

"괜찮다. 그러면서 경험을 쌓는 것이겠지."

위지극이 고개를 끄덕이자 이를 지켜보고 있던 우희명이 뿔난 목소리로 말했다.

"나는 안 보여?"

위지극은 흠칫해서 뒤돌아봤다.

"미안, 미안. 많이 기다렸지? 무당파에서 여기까지가 생각했던 것보다 훨씬 멀더라고. 그래서 늦고 말았네."

"흥!"

우희명은 팽하니 고개를 돌렸으나, 그녀의 표정은 그렇게 나빠 보이지 않았다.

위지극은 그런 우희명의 머리를 한 번 쓰다듬어 주고는 다시 금산청을 바라봤다.

"한데, 이곳엔……?"

"하하하! 물어볼 게 잔뜩 있는 사람은 난데, 네가 먼저 선수를 치는구나."

금산청이 대소를 터뜨리고는 말을 이었다.

"회로부터 적존교가 무당을 공격할 것이라는 말을 듣고 도우러 가던 참이었다."

그러면서 그는 은근슬쩍 우희명을 쳐다봤으나, 우희명은 별 관심 없다는 듯이 위지극만 바라보고 있었다.

'모르고 있었나? 아니면 알면서도 모르는 척하고 있는 것일까?'

회에서는 그 정보가 확실치 않다고 했다.

해서 우희명의 반응을 보아 진실을 가늠해 보려 한 금산청의 생각은 수포로 돌아갔다.

사실 금산청이 한 말은 우희명으로서는 처음 듣는 소리였다.

그러나 적존교가 무슨 일을 하든 이제 그녀의 관심은 위지극에게만 있었다.

아버지는 아버지의 일을 하는 것이고, 자신은 자신의 일을 하면 되는 것이었다.

그가 흑령을 이겨내도록 만드는 것, 그것이 자신이 할 일이었다.

"무당파 본산을요?"

"그래."

위지극은 고민할 수밖에 없었다.

그는 원래 태평촌에 들를 계획이었다.

그곳에서 확인할 게 있었기 때문이다.

그 외에도 나름 성취를 얻긴 했으나, 그것만 가지고는 모자라다는 사실도 알았다.

사대봉공 중 한 명 정도는 역천지신인 자신의 신체를 사용한다면 어떻게든지 상대할 수 있겠지만, 둘만 되어도 필패였다.

그러니 적존교주를 상대하는 것은 더더욱 무리일 수밖에 없었다.

해서 북무림회에 양해를 구하고 잠시 연공에 매진할 생각이었는데, 적존교가 무당을 친다고 하니 지금 이대로 떠나는 게 과연 옳은 일일까 다시 생각하게 되었다.

그러나 결론은 이미 나와 있었다.

무당은 부친이 몸을 담았던 문파.

그런 문파의 위험을 모른 체할 순 없었다.

"저도 함께하지요."

"그래도 되겠어?"

"당연하죠."

위지극은 빙긋 웃고는 다시 입을 열었다.

"하지만 이번 일이 끝나면 성천에 다녀와야겠습니다. 형이 회주님께 좀 전해주세요."

"뭔가가 있나 보구나. 좋다. 회주님께 내가 잘 말씀드릴 테니 걱정하지 말고 다녀와."

그들이 막 출발하려는 찰나,

"넌 아무 데도 가지 못한다."

갑자기 한쪽 숲 속에서 목소리가 들려왔다.

'어!'

순간 우희명의 안색이 핼쑥하게 변했다.

목소리의 주인을 짐작한 것이다.

"누구냐!"

금산청이 크게 소리치자 짙은 흑의 장삼을 입은 흑령과 그 주위로 십여 명의 흑의인들이 모습을 드러냈다.

그들을 본 우희명은 더욱 당황한 표정으로 위지극의 팔을 잡았다.

"도망쳐."

"뭐?"

위지극이 영문을 몰라 빤히 쳐다보자 우희명은 다급했다.

"도망치라고!"

그래도 위지극은 꿈쩍도 하지 않았다.

지금 나타난 자가 누군지 위지극도 알았다.

우희명의 사형이라는 자였다.

하나 그뿐이었다. 자신이 도망쳐야 할 이유는 어디에도 없었다.

"사매! 감히 사부님의 명을 거역하려는 것이냐?"

흑령이 버럭 소리쳤다.

"무슨 명 말이에요?!"

우희명도 지지 않았다.

그러자 흑령의 미간이 하늘을 뚫을 듯이 솟구쳤다.

"성천자를 없애라는 명 말이다. 지금 누굴 도우려 하는 건지 알고나 있는 짓이냐?"

"흥! 난 그런 명 받은 적 없어요."

"뭣이!"

흑령은 질투와 함께 노화가 끓어올랐다.

그렇지만 애써 흥분을 가라앉히고는 다시 말했다.

"그럼 좋다. 그자를 네 손으로 죽이지 못하겠다면 방해는 하지 마라."

"흥! 치졸하군요. 아무리 그렇다 해도 난 당신과 혼인할 생각이 없어요."

흑령은 갑자기 얼굴이 시뻘게졌다.

아무리 사랑하는 사람이라고는 하나 더 이상의 모욕은 참기 힘들었다.

"네가 정녕……."

"이봐."

그가 막 노화를 터뜨리려는 순간, 위지극이 앞으로 한 걸음 나섰다.

"당신 지난번에 되지도 않는 괴정마안을 펼쳤던 그 작자 군. 그렇게 갔으면 다신 나타나지 말지, 왜 또 온 거야?"

"애송이 놈, 그때 네놈이 성천자라라는 것을 내가 알고 있 었다면 지금까지 살아 있을 성싶으냐?"

"당연하지."

"……."

"무당을 친다는 정보는 사실이었나 보군. 적존교의 무리가 이곳에 나타났으니 말이야."

금산청이었다.

그는 흑의인들을 쓸어보고는 일행에게 눈짓을 했다.

싸울 준비를 하라는 뜻.

한데 그때였다.

팟!

갑자기 소유아가 흑전태도를 빼 들고는 신형을 날렸다.

"그때의 빚을 모조리 갚아주마!"

"유아야!"

금산청이 말리려 했지만, 이미 늦었다.

휘이잉!

그녀의 청염에 휩싸인 흑전태도가 흑령의 목을 향해 떨어져 내리고 있었다.

"건방진 년이!"

흑령의 눈썹이 한차례 꿈틀거렸다.

그와 동시에 그의 좌수가 소매를 뚫고 불쑥 튀어나왔다.

쾅!

"악!"

찰나의 순간이었다.

흑염태도는 그녀의 손을 떠나 허공으로 치솟았고, 소유아는 그 힘을 이기지 못하고 뒤로 날아갔다.

"유아야!"

"엇!"

위도곡이 허공으로 몸을 날렸다.

그녀는 이미 큰 부상을 입은 듯 눈을 감고 있었고, 그대로 두면 땅에 처박힐 처지였다.

그가 막 소유아를 잡으려는 찰나, 흑령 옆에 있던 한 흑의인이 번개처럼 튀어나갔다.

위도곡이 소유아를 받아내려면 빈손으로 흑의인의 검을 상대해야만 했다.

"칫!"

위도곡이 급히 검을 빼 들었다. 하지만,

땅!

단 일 합에 그의 검도 손을 벗어나고 말았다.

"큭!"

하지만 위도곡은 그 틈을 빌어 소유아를 받아 땅에 내려설 수 있었다.

그리고 또다시 다가올 흑의인의 공격에 대비해 급히 자세를 취했다.

그러나 일 합을 겨룬 흑의인은 마치 아무 일도 없었다는 듯이 이미 제자리로 돌아간 뒤였다.

"훌륭하군, 여인을 위하는 솜씨가."

흑령의 다분히 비꼬는 말투에 위도곡이 그를 쏘아봤다.

"그대는 참으로 염치가 없군."

"뭐가? 그럼 내가 목이라도 내놓고 기다리고 있어야 옳다는 뜻인가?"

위도곡이 여전히 자신을 노려보고 있었으나, 흑령은 개의치 않고 위지극에게 시선을 돌렸다.

"여자들에게만 맡기고 있을 셈이냐?"

위지극의 안색이 무섭게 가라앉았다.

방금 전의 한 수로 극명해졌다.

자신을 제외한 이십일조원들은 흑의인 한 명조차 상대하기가 버거웠다.

흑의인들은 지난번에 겪었던 적룡대와는 차원이 다른 고수들이었다.

그리고 청염에 이른 백염도법을 맨손으로 막아내는 흑령의 무위.

이 역시 어정쩡한 괴정마안을 펼치던 그때와는 전혀 다른 모습이었다.

'어쩌지……'

위지극은 망설였다.

혼자라면 고민할 필요도 없었다.

죽더라도 싸운다.

흑령이 자신과 비슷한 정도라 가정한다면, 십여 명의 흑의인들이 더 있다 하더라도 거리낄 게 없었다.

'나 하나만을 노려준다면.'

그러나 이는 어디까지나 바람일 뿐이었다.

흑의인들은 자신과 흑령이 싸우는 즉시 나머지 사람들을 노리리라.

"산청이 형!"

위지극이 흑령에게서 눈을 떼지 않고 금산청을 불렀다.

"일단 피하세요."

"극아."

"이런 말씀을 드려 죄송해요. 하지만 지금은 그게 최선이에요. 형도 아시죠?"

금산청은 소유아를 돌아봤다.

그녀는 아직까지도 눈을 뜨지 못하고 있었다.

숨결도 고르지 못한 것이, 직접적인 타격이 아니었음에도 깊은 내상을 입은 듯 보였다.

"저도 곧 뒤따라갈게요."

위지극은 금산청을 보며 미소 지었다.

금산청은 입을 굳게 다물었다.

위지극의 말이 맞았다.

안타깝게도 자신들은 위지극이 싸우는 데 방해만 될 뿐이었다.

'인청각원 신세가 말이 아니군……'

"도곡!"

금산청이 부르자 위도곡은 슬쩍 그를 쳐다보고는 소유아를 들쳐 업었다.

그리고 한 치의 망설임도 없이 흑의인과 반대 방향의 숲으로 신형을 날렸다.

사연화도 위지극을 한 번 바라보고는 위도곡의 뒤를 따랐다.

하지만 혁조영만은 꿈쩍도 하지 않았다.

금산청이 그의 어깨를 잡았다.

"가자."

"전 안 갈 거예요."

"조영아."

"싸울 거예요. 죽더라도 끝까지 싸울 거라고요."

혁조영이 울음 섞인 목소리로 부르짖었다.

그리고 검을 빼 들었다.

위지극의 미간이 미미하게 찌푸려졌다.

혁조영의 마음을 모르는 것은 아니다.

하지만, 그보다 더 가슴이 아픈 것은 금산청이다.

조장으로서 조원을 놔두고 물러난다는 게 어떠리라는 것을 위지극은 알고 있었다.

혁조영이 그런 행동을 하면 할수록 비참해지는 것은 금산청이었다.

"희명아."

갑자기 위지극이 자신을 부르자 우희명은 흠칫했으나 이내 그의 의도를 깨달았다.

"알았어."

쉭쉭!

대답과 함께 그녀의 손이 전광석화처럼 혁조영의 혈도를 짚었다.

"으음……."

혁조영이 힘없이 땅에 쓰러지려 하자 금산청은 그를 급히 부축하고는 우희명을 놀란 눈으로 쳐다봤다.

"이제 데려가세요."

우희명은 담담하게 말했다.

금산청은 미미하게 고개를 끄덕이고 혁조영을 업은 채 신형을 날렸다.

흑령은 그들이 도주하는 모습을 멀뚱히 쳐다보다가 마침내 위지극과 우희명만 남고 모두 사라지자 한심하다는 듯이 혀를 찼다.

"정파 놈들이 하는 짓하고는."

"당신이 할 말은 아닌 것 같은데?"

"뭐?"

위지극이 피식 웃었다.

"저들이야 나를 도와주러 몸을 피한 것이지만, 당신은 안 그랬잖아."

"무슨 개소리야?"

"그새 잊었나, 객잔에서의 일을?"

흑령의 신형이 부르르 한차례 떨렸다.

그제야 위지극이 당시 자신이 도주했던 객잔에서의 일을 말하고 있다는 사실을 안 것이다.

그는 불같이 화가 치밀었으나, 가까스로 누르고는 이내 느긋한 표정을 지었다.

"좋다. 네놈에게 사정을 설명해 봐야 소용없을 테니. 그렇지만 말이다……."

갑자기 흑령의 입가에 비웃음이 서렸다.

"그때와 지금은 상황이 달라."

"물론 다르겠지. 당신은……."

"어이, 이봐."

위지극이 뭔가 말하려 할 때 흑령이 그의 말을 자르고 다시 입을 열었다.

"너 뭔가 착각하고 있어. 네 친구들 말이야. 그때의 나처럼 무사하리라 생각해?"

"……!"

"하하하하! 멍청하기는. 사매!"

흑령이 갑자기 자신을 부르자 우희명이 의아한 눈으로 쳐다봤다.

"흑령마단이 모두 몇 명인지 알아?"

"일급이 서른, 이급이 칠십……."

"잘 알고 있군. 그런데 왜 여기에는 열 명밖에 없는 걸까? 나머지는 모두 어디에 있을까?"

순간 위지극의 얼굴에 당황한 빛이 떠올랐다.

나머지는 이 주위를 봉쇄하고 있을 터였다.

지금은 흑령을 상대하는 게 중하지 않았다.

그들을 살리는 것이 무엇보다도 우선이었다.

"이제야 눈치채셨나?"

흑령의 말에 위지극은 급히 우희명을 돌아보며 검을 빼 들었다.

"희명아, 뒤쫓아야겠다."

"하하하, 누구 마음대로?"

흑령이 앞으로 한 걸음 나섰다.

바로 그때, 위지극의 검이 지면을 향해 휘둘러졌다.

콰앙! 파파파팟!

"……!"

굉음이 터져 나오고 충격을 이기지 못한 흙먼지가 삼 장이나 위로 치솟았다.

"이놈이!"

쏴아악!

흑령은 급히 양 소매를 휘둘러 자욱이 시야를 가리고 있는 흙먼지를 날려 보냈다.

그러나…….

두 사람은 이미 사라지고 난 뒤였다.

"정말 쥐새끼 같은 놈이네."

흑령은 어이없다는 듯이 중얼거렸다.

"그래도 사매의 경신술은 여전하군."

그는 얼핏 위지극이 우희명의 등에 업혀 있는 모습을 보았다.

"뭐, 그래 봤자 잠시 시간을 번 것뿐이겠지만."

그가 턱짓을 하자, 흑의인들이 금산청이 사라진 방향으로 신형을 날렸다.

흑령은 수하들이 모두 떠나고 난 후 숲 속 한 지점을 한참 동안 예리한 눈빛으로 쏘아보다가 '흥!' 하는 소리와 함께 땅을 박찼다.

모두가 사라지고 정적만이 남아 있는 숲길.

갑자기 부스럭대는 소리와 함께 흑령이 쏘아보던 숲에서 기괴한 행색의 두 명의 사내가 걸어나왔다.

두 사람은 모두 회의장삼을 입고 있었는데, 한 사람은 세상에 다시없을 정도의 뚱보였고, 또 한 사람은 그 반대로 나뭇가지처럼 삐쩍 마른 모습이었다.

"어린놈이 눈치 하나는 빠르구만."

비릿한 미소를 지으며 뚱뚱한 자가 말하자, 삐쩍 마른 사내가 고개를 주억거렸다.

"저놈이 적존교주의 수제자라 하니, 이 정도도 못한다면 실망스러운 일이지."

"그나저나 저 시커먼 놈한테 양보할 거야? 성천자란 놈과 겨뤄보고 싶은데……."

"일단은 상황을 지켜보자고. 그 후에 나서도 나쁘지 않을 거야."

"빨리 우리 차례가 왔으면 좋겠군. 크크."

뚱뚱한 사내는 비틀린 웃음소릴 내다가 갑자기 뚝 그치고는 인상을 썼다.

"그런데 이놈들은 한자리에 가만히 있지. 왜 이리 도망다니고 지랄이야."

"살고 싶은 거겠지."

"아! 그렇구만. 하긴 도망다니는 것들을 죽이는 게 더 재미있기도 해. 지난번 권제는 너무 정면으로 대들어서 오히려 그저 그랬잖아."

"권제야 체면이 있으니 차마 물러설 수 없었던 거였겠고."

"크크크, 맞아, 맞아. 그 빌어먹을 체면이 제 목숨을 갉아먹는다는 사실을 모르는 놈들은 죽어도 싸지. 어찌 됐든 우리도 이제 슬슬 가보자고."


위도곡은 정신없이 숲을 내달리고 있었다.

무당파 쪽으로 방향을 잡을 수 있었다면 좋았으련만, 적들로 인해 빙 돌아서 올라갈 수밖에 없었다.

그러다 보니 길이 아닌 길에 들어섰고, 지금 가고 있는 방향이 맞는 것인지조차 의심스러웠다.

그래도 멈출 수는 없었다.

등에 업힌 소유아는 아직도 숨결이 탁했고, 정신을 차리지 못하고 있었던 것이다.

"유아야, 유아야!"

아무리 불러도 그녀는 대답이 없었다.

정신이 들어야 운공을 하고 내상을 다스릴 텐데, 지금은 그럴 시간도 없었고, 그럴 처지도 아니었다.

언제 자신들을 뒤쫓아올지 모르는 흑의인들이었다.

그들과 맞부딪쳐서는 승산이 없다.

　방금 전에 극마참검을 급하게 펼치기는 했으나, 그래도 공력이 팔성이나 주입된 것이었다.

　그랬는데도 일검을 버티지 못하고 말았다.

　"빌어먹을……."

　욕지기가 튀어나왔다.

　공동의 후기지수가 이게 무슨 꼴이냔 말이다.

　"도곡!"

　뒤에서 사연화의 목소리가 들려왔다.

　그러나 위도곡은 뒤돌아보지 않았다.

　그는 점점 자책과 소유아에 대한 걱정 때문에 이성을 잃어가고 있었다.

　"위도곡, 그쪽이 아니야!"

　사연화가 단번에 그를 앞질러 와 가로막았다.

　위도곡은 헉헉거리면서 그녀를 쳐다봤다.

　"무당파로 가려면 동쪽 길로 가야 돼. 너… 괜찮아?"

　"그… 그래……."

　말은 그렇게 하고 있었지만, 사연화가 보기에 위도곡은 정상이 아닌 것처럼 보였다.

　이런 때일수록 침착해야 하건만, 그의 두 눈은 이미 벌겋게 충혈되어 있었고, 숨은 거칠었다.

　마치 발작하기 직전의 그 모습과 유사했다.

　"산청 오라버니가 아직 오지 않았으니까, 합류해서 다시 출발하자.”

잠시 후, 혁조영을 업고 있는 금산청이 나타났다.

“조영이가 당했나요?”

그 모습을 본 사연화가 놀라 물었다.

금산청은 고개를 젓고는 혁조영을 내려놓고 그의 전신 혈도를 주물렀다.

막힌 혈도를 풀기 위해서였다.

그러나,

“이런!”

우희명이 어떻게 점혈을 했는지, 아무리 애를 써도 도통 반응이 없었다.

금산청의 이마로 굵은 땀방울이 흘러내렸다.

어이없게 혁조영도 짐이 되고 말았다.

한시가 급한 와중에 움직이지 못하는 두 사람을 데리고 가야 하니, 답답하기만 했다.

그래도 방법은 없었다.

빨리 무당파에 도착해 구원을 요청해야만 했다.

아무리 위지극이라 해도 그들의 무위는 자신의 예상을 뛰어넘는 것이었다.

무당의 고수들이 제때 도착하지 않는다면 위지극이 위험할 수도 있었다.

“서둘러야겠다. 내가 앞장설 테니 따라와라.”

금산청은 다시 혁조영을 둘러업고는 신형을 날렸다.

하나 바로 그 순간,

무성한 나뭇가지 사이로 검은 손 하나가 불쑥 나타나더니 세찬 장력이 덮쳐 왔다.

퍽!

"컥!"

금산청은 느닷없는 공격에 그대로 앞가슴을 얻어맞고 비틀거리며 물러섰다.

"오라버니!"

사연화가 소리치며 금산청 옆에 섰다.

금산청은 혁조영을 내려놓고는 이를 악다물며 검을 뽑았다.

그의 입가로 한줄기 붉은 핏물이 흘렀다.

"괜찮아요?"

금산청은 대답하지 않고 고개만 끄덕였다.

비록 금산청은 아닌 척하고 있었지만, 사연화는 그가 적지 않은 내상을 입었음을 알았다.

그들 앞으로 나뭇가지를 젖히며 두 사람의 흑의인이 걸어 나왔다.

아까 봤던 것과 똑같은 복장.

'낭패로군……'

금산청의 미간에 어두운 기운이 서렸다.

　싸울 수 있는 사람은 사연화와 자신, 그리고 위도곡, 셋뿐이었다.

"도곡, 그리고 연화."

"네."

"네."

"이들은 내가 맡을 테니, 너희들은 먼저 떠나라."

"오라버니!"

"내 말을 들어. 유아와 조영이를 저리 죽게 놔둘 셈이냐!"

"하지만……."

사연화가 망설일 때, 위도곡이 대답했다.

"알겠습니다. 그럼 잠시 후에 뵙지요."

위도곡은 지체하지 않고 출발했다.

"너도 어서."

금산청이 재촉하자 사연화는 애처로운 표정으로 그를 한 차례 바라보고는 결국 위도곡을 따랐다.

　한데 이상한 것은 두 사람이 모두 떠나갈 때까지 흑의인들은 꼼짝도 하지 않았다.

　그들에게는 숫제 이들을 저지할 생각이 없는 듯 보였다.

"보내줘서 고맙군."

"잡을 필요가 없으니까."

흑의인 중 한 명이 검을 뽑으면서 말했다.

"……!"

금산청은 흠칫하여 그를 노려봤다.

"우리가 전부라고 생각하면 오판이지."

그 말을 끝으로 흑의인들이 덮쳐 왔다.

차차창!

날카로운 검명이 숲 속을 울리고 세 사람이 뒤섞여 돌아갔다.

금산청은 혼신의 힘을 다해 검법을 전개했다.

그러나 역부족이었다.

흑령과 같이 있던 흑의인들에는 미치지 못했지만, 이들 역시 뛰어난 고수들임이 틀림없었다.

최선을 다해야 겨우 한 사람과 동수를 이룰까 말까 한 정도. 아니, 그마저도 확신할 수 없었다.

그런 두 사람을 상대하자니 단 몇 수 만에 금산청은 뒤로 밀리기 시작했다.

점점 손이 어지러워지고, 보법이 흐트러져 갔다.

땀은 등줄기를 흠뻑 적셨고, 눈에는 암울한 빛이 떠올랐다.

버티는 것도 앞으로 십여 초식이 한계였다.

검법의 뛰어남은 모르겠으나, 결정적으로 흑의인들은 금산청보다 내공이 높았다.

따다당!

금산청은 일 검 일 검을 부딪칠 때마다 손이 저려왔고, 검은 손아귀를 벗어나려 요동을 쳤다.

금산청은 벌써 스무 걸음 가까이 물러섰다.

그리고 그의 등 뒤 지척에는 커다란 나무가 길을 막고 있었다.

쉭쉭!

두 개의 검이 그이 머리와 아랫배를 노리고 날아들었다.

순간 금산청의 눈에서 광망이 번뜩였다.

퍽! 땅! 푸욱!

"큭."

둔탁한 소리와 신음 소리가 뒤섞여 터져 나왔다.

"이… 이놈이……!"

금산청의 아랫배에 검을 틀어박은 흑의인이 두 눈을 부릅떴다.

그 옆으로는 금산청의 검에 목이 달아난 흑의인이 힘없이 쓰러지고 있었다.

'한 명은 해치웠군.'

금산청의 입가에 희미한 미소가 떠올랐다.

그의 눈은 서서히 감기고 있었다.

"뒈… 뒈져라, 이놈!"

흑의인이 크게 소리치며 배에 박힌 검을 비틀려 했다.

바로 그 순간,

퍽!

금산청의 눈에 흑의인의 머리가 터져 나가는 모습이 들어왔다.

그리고 뒤이어 들려오는 낯익은 목소리.

"형!"

금산청은 감기려 하는 눈을 있는 힘을 다해 겨우 버텨냈다.

"그… 극이냐?"

"형! 괜찮아요?"

위지극 옆으로 우희명의 모습도 보였다.

"무사했구나……."

"내상을 입은 건가요?"

위지극이 보기에 그의 아랫배에 난 상처는 치명적이지 않았다.

어찌 된 일인지는 몰라도 흑의인의 검은 급소에서 완전히 벗어나 있었다.

그런데도 금산청은 온몸에 힘이 모조리 빠져나간 듯 축 늘어져 있는 것이다.

'내상이라… 그랬으면 좋겠구나…….'

금산청은 속으로 생각했다.

마지막의 그 한 수를 펼치기 위해 선천진기를 사용했다.

어차피 죽을 것, 한 명이라도 저승까지의 길동무로 데려가기 위해서였다.

그래서 선천진기를 일으키는 심공인 공동파의 금천원공을 사용했다.

이제 남은 시간은 일각여, 그 후에 자신은 목숨이 끊어질
것이었다.

"난… 괜찮다. 내가 사용한 금천원공은 원래 큰 힘을 얻는
대신 회복까지 다소 시간이 걸려. 그러니 너는 앞서 간 아이
들을 쫓아가라. 가서 도와줘."

"금천원공?"

위지극은 금산청의 말을 듣는 즉시 눈을 감았다.

그리고 찰나 만에 다시 눈을 뜨더니 급히 금산청의 백회와
단전에 손을 댔다.

"뭐… 를 하려고……."

"조용히 있어요! 바보같이… 죽으려고 작정했어요? 그런
무공을 사용해서 뭘 어쩌려고……."

"네가……."

금산청이 얼굴에 해연한 빛이 어렸다.

그때였다.

갑자기 백회와 단전으로 봄 햇살처럼 따스한 기운이 노도
처럼 밀려들어 왔다.

'이… 이것!'

금산청은 대번에 그 기운이 무엇인지 알았다.

바로 방금 전에 금천원공을 사용했을 때 느껴지던 기운과
같았다.

선천진기.

위지극이 선천진기를 자신에게 주입시키고 있는 것이었다.

"그… 그만……."

금산청은 겨우 입을 열었다.

선천진기를 타인에게 줄 수는 있다.

그러나 그 결과는 참혹했다.

죽음. 결국 이를 시전하는 자는 죽음을 면치 못한다.

그러나 위지극은 그가 무슨 말을 하든 꿈쩍도 하지 않고 계속해서 선천진기를 불어넣었다.

그것은 원래 가지고 있던 금산청의 선천진기를 채우고도 계속해서 이어졌다.

마치 끊임없는 장강의 물결처럼 이어지는 위지극의 진기는 금산청의 전신을 휘저었고, 그러고도 넘쳐 났다.

시간이 지남에 따라 그의 눈빛은 점점 또렷해졌고, 시체의 그것과 다름없었던 얼굴빛도 점점 정상으로 돌아왔다.

그리고 더욱 놀라운 일은 아랫배에 난 상처에서 나오던 피도 멈추었다는 사실이었다.

'이런 일이…….'

금산청은 몸소 겪고 있으면서도 지금 일어나고 있는 일이 도저히 믿겨지지 않았다.

"그… 그만. 이제 됐다. 이제……."

그가 급히 소리치자 그제야 위지극이 눈을 뜨고는 손을 거두었다.

“어때요? 괜찮아졌어요?”

금산청은 위지극을 멀뚱히 바라봤다.

위지극은 아무렇지도 않아 보였다.

아니, 오히려 방금 전보다 더 생기가 강하게 흘러넘치고 있었다.

“방금 전 것이 혹시…….”

“맞아요. 선천진기죠. 그런데 왜 그런 짓을 하셨어요!”

금산청은 와락 궁금증이 치밀었다.

궁금한 게 한두 가지가 아니었다.

어떻게 공동의 비전 절기 중 하나인 금천원공이 선천진기를 사용하는지 알았는가?

금천원공은 공동에서도 뛰어난 실력을 인정받아야만 겨우 그 존재를 알 수 있는 것이었다.

그리고 더욱 기이한 점은 그토록 방대한 양의 선천진기를 자신에게 주고도 위지극이 어떻게 멀쩡할 수 있는가였다.

족히 헤아려 봐도 위지극에게 받은 선천진기의 양은 자신이 원래 가지고 있던 것의 두 배가 넘었다.

하지만 그가 입 밖으로 낼 수 있는 것은 단 한마디뿐이었다.

“어떻게……?”

“그보다… 다른 사람들은 어디로 갔어요?”

금산청은 그 말에 퍼뜩 정신이 들었다.

지금은 위지극의 무공에 대해 놀라고 있을 때가 아니었다.

"저쪽이야. 서둘러야겠다. 그 아이들도 위험해."

"알겠어요. 희명아."

위지극의 말이 떨어짐과 동시에 우희명은 그를 들쳐 업더니 금산청이 가리킨 쪽으로 쏜살같이 달려나갔다.

둘이 마치 한 몸이 된 듯한 움직임이었다.

그 모습을 잠시 바라보던 금산청도 땅에 떨어진 검을 찾아 들고는 급히 그 뒤를 따라 신형을 날렸다.

# 第四十七章

## 천마금봉(天魔金棒)

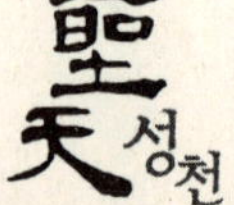

휘휘휙!

우희명과 금산청은 앞서거니 뒤서거니 하며 신법을 전개
했다.

반면 우희명의 등에 업힌 위지극은 사연화 등이 있는 위치
를 찾는 데 온 신경을 집중하고 있었다.

"저쪽이야."

위지극이 손으로 산등성이 쪽을 가리켰다.

우희명은 그가 가리키는 곳을 향해 번개처럼 쏘아져 갔다.

그리고 얼마 지나지 않아 두 명의 흑의인을 맞아 검광을 뿌
리고 있는 위도곡과 사연화가 눈에 들어왔다.

위도곡은 피를 철철 흘리면서도 고함을 지르며 검을 휘두르고 있었고, 사연화 역시 마찬가지였다.

그리고 혁조영과 소유아는 여전히 정신을 잃고 땅에 쓰러진 채였다.

위지극의 눈에서 불똥이 튀었다.

"희명아, 넌 조영이 혈도를 풀어줘."

땅에 내려선 위지극은 그 말만을 남기고 격전에 뛰어들었다.

팡! 쐐액!

위지극이 휘두른 대라선장에 위도곡을 공격해 가던 흑의인이 피 떡이 되어 날아갔고, 우수로 떨친 일첨광섬에 사연화를 핍박하던 흑의인은 커다란 구멍이 난 가슴을 부여잡고 땅에 쓰러졌다.

상대가 쓰러지자마자 위도곡은 땅에 엎드려 헉헉댔다.

사연화도 주저앉지만 않았지, 사정이 별반 다르지 않았다.

위지극이 조금만 늦게 도착했어도 목숨을 부지하기 힘든 상황이었다.

위지극은 흑의인들을 해치우자마자 소유아에게 선천진기를 불어넣었다.

금산청과 달리 소유아의 심법은 모르지만, 그래도 뭔가 효과가 잊지 않을까 해서였다.

그러나 역시, 소유아와 금산청은 달랐다.

그녀는 아무런 차도도 보이지 않았다.

"극아, 일단 이곳을 벗어나야겠다."

금산청의 말에 위지극은 일단은 포기하고 고개를 들었다.

게다가 멀리서 사람의 기척이 느껴지고 있었다.

"가죠."

가장 선두는 금산청이었다.

그 뒤로 위도곡과 사연화, 그리고 정신을 차린 혁조영이 따랐다.

혁조영은 지금까지 적들과 대적하지 않았기 때문에 가장 힘이 남았고, 그 때문에 소유아는 그에게 업혀 있었다.

제일 마지막이 위지극과 우희명이었다.

그렇게 신법을 전개한 지 일각여가 흘렀을 때 드디어 저 멀리 무당파의 전각들이 보이기 시작했다.

"거의 다 왔다. 이제 이 언덕만 넘으면 될 거야."

금산청이 기쁜 목소리로 눈앞의 언덕을 가리켰다.

그는 힘이 나는지 더욱 빠르게 전진했다.

그 뒤를 따라 언덕에 도착한 위지극은 주위를 둘러봤다.

언덕은 생각보다 훨씬 넓었다.

족히 이십여 장은 되어 보였으며, 또한 평평했다.

한데…….

언덕 끝에 선 금산청이 움직이지 않고 있었다.

"왜 그러세요?"

위지극은 그에게 다가갔다.

그리고 그 옆에 다다랐을 때, 왜 그가 멈춰 서 있는지를 깨달을 수 있었다.

그곳은 언덕이 아니고 절벽이었다.

무당산의 전각들이 멀리 보이는 절벽.

위지극은 허리를 굽혀 아래를 쳐다봤다.

‘으음⋯⋯.’

높이는 대략 십여 장.

경공이 없는 자신에게는 무리인 높이였다. 하지만 다른 사람들이라면⋯⋯.

“뛰어내릴 수 있나요?”

위지극이 묻자 금산청이 천천히 고개를 끄덕였다.

“그래.”

하지만 대답과 달리 그의 표정은 어두웠다.

“그런데 왜⋯⋯?”

“혼자라면⋯ 혼자라면 가능하다.”

“⋯⋯!”

‘맞다. 유아!’

위지극은 퍼뜩 그녀에게 생각이 미쳤다.

소유아는 움직이지 못한다.

그러니 누군가가 그녀를 안고 뛰어내려야만 했다.

그러나 가장 무공이 높은 금산청도 그건 무리라 말하고 있는 것이다.

하지만 위지극은 이내 빙긋 웃었다.

"그거라면 걱정없어요. 다행히도 우리에겐 경공의 고수가 있으니까."

그러면서 슬쩍 우희명을 쳐다봤다.

"해줄 거지?"

우희명은 대답하지 않았다.

그녀는 인상을 잔뜩 찡그리고 있었다.

"희명아……."

위지극은 몰랐지만, 사연화는 그녀가 왜 저런 표정을 짓고 있는지 잘 알고 있었다.

만날 때마다 마찰을 빚었던 두 사람이 아니던가.

"부탁드려요."

사연화가 정중히 부탁했다.

우희명은 그래도 한동안 인상을 펴지 않았지만, 한참 만에야 발을 한차례 세차게 구르고는 결국 승낙했다.

"알았어요."

사연화가 안도의 한숨을 내쉬며 포권을 취했다.

"유아 대신 감사드려요. 저 아이도 깨어나면 그리 생각할 거예요."

"괜찮아요, 그런 말 듣지 않아도. 극이가 원해서 해주는 것뿐이니까."

“늦었어요. 빨리 가죠.”

“그러자꾸나.”

휘휘휙!

쿠쿠쿵!

금산청과 이십일조원들이 모두 뛰어내리고 나자 우희명이 소유아를 안고 뛰었다.

그녀는 빠른 속도로 떨어지다가 지면에 거의 다다르자 조금 속도가 줄어드는 듯하더니 지면을 스으윽 미끄러지며 착지했다.

땅을 스치는 가벼운 소리가 그녀의 경신술 경지가 얼마나 뛰어난지를 대변해 주고 있었다.

우희명은 그녀를 건네주고는 다시 뛰어올랐다.

거대한 도를 내려쳐 수직으로 깎은 듯한 절벽이건만 그녀는 이리저리 발을 구르며 대여섯 번 만에 정상에 다다랐다.

이십일조원들은 모두 경이로운 시선으로 그 모습을 지켜보고 있었다.

그런데 한참이 지나도 두 사람은 내려오지 않았다.

“왜 안 오는 거죠?”

위도곡이 물었다.

“글쎄다.”

그때였다.

절벽 위에서 위지극이 모습을 드러냈다.

“서두르세요.”

그 말에 사연화가 외쳤다.

“빨리 와!”

그러나 위지극은 고개를 저었다.

“난 여기서 해결할 일이 있으니 먼저 가. 무당파에 가면 안전할 거야. 나도 곧 뒤따라갈게.”

“극아!”

사연화가 다시 소리쳤지만, 위지극은 이미 절벽에서 물러섰는지 모습이 보이지 않았다.

“저 바보가…….”

“으으음…….”

사연화가 절벽을 올려다보고 있을 때, 소유아가 신음 소리를 냈다.

금산청이 급히 땅에 누워 있는 그녀에게 다가갔다.

“유아야, 정신이 좀 들어?”

그녀는 천천히 눈을 뜨더니 미간을 찌푸리며 가슴을 문질렀다.

“조금 아프네요. 그런데 여긴 어디……?”

그녀는 주위를 두리번거렸다.

분명 자신이 당했던 장소는 아니었다.

“무당파의 지척이다.”

금산청은 대답하며 가벼운 미소를 지었다.

위지극의 노력은 헛되지 않았다.

정신을 잃을 정도의 충격을 받았는데도 가슴만 조금 아픈 정도라면 내상은 거의 나았다 해도 과언이 아니었다.

'선천진기……'

과연 선천진기는 소유아에게도 놀라운 효력을 발휘했다.

족히 한 달은 요양했어야 할 부상이었건만…….

금산청은 위지극이 남아 있는 절벽을 바라봤다.

"나는 가지 않겠다."

그는 스스로에게 다짐하듯이 말했다.

위지극이 해결할 일이라는 것은 자신들을 쫓아오고 있는 흑의인 무리와 일전을 치르겠다는 뜻이다.

지금은 처음 도주했을 때와는 상황이 달랐다.

이 정도 거리면 위지극의 싸움에 방해가 되지는 않을 것이다.

그러니 그를 남겨두고 갈 순 없었다.

'네가 만약 그 위에서 죽는다면, 우리 역시 너와 함께할 것이다.'

비록 실력이 모자라 돕지는 못하지만, 그것이 같은 인청각 원으로서의 도리라 생각했다.

"저도요."

사연화가 대답하자 위도곡과 혁조영도 고개를 끄덕였다.

소유아만이 이들이 무슨 말을 하는지 몰라 어리둥절해하

다가 사연화를 따라 소리쳤다.

"그럼 나도!"

위지극은 우희명을 돌아봤다.

"희명이, 너도 잠시 자리를 피해줬으면 좋겠는데……."

"뭐야!"

"…라고 하고 싶지만, 보나마나 듣지 않겠지?"

위지극이 빙긋 웃었다.

"당연하지."

우희명은 위지극의 손을 살며시 잡았다.

"혹시나 해서 하는 말인데, 흑령을 쉽게 생각하지 마. 그는 아버지로부터 많은 것을 배웠어. 나조차도 그가 뭘 배웠는지 정확히 모르니까."

"그럴게."

위지극은 담담히 대답했다.

당연히 방심하지 않는다.

이미 흑령의 일장을 보았으니 방심하는 마음이 들 턱이 없다.

게다가 적은 흑령 혼자만이 아니었다.

흑령마단.

단 일검에 소유아를 기절시킨 흑령마단원이 무려 백 명이다.

그들을 모두 혼자 상대해야만 했다.

땅을 스치는 발소리가 귀에 들려왔다.

그 소리는 낮으면서도 가벼워 흑의인들 개개인의 경신술이 매우 뛰어남을 알 수 있었다.

'잡혔어.'

만약 그대로 그들와 함께 동행했다면 무당파에 도달하기 전에 잡혔을 것이다.

자신의 선택은 틀리지 않았다.

점점 소리가 가까워지더니 드디어 흑의인들이 모습을 드러냈다.

휘휙, 휘휘휙.

두 사람씩 짝을 지어 나타난 흑의인들은 점점 늘어가더니, 어느새 넓은 언덕을 꽉 채울 정도로 많아졌다.

그리고 마침내 그들 사이로 흑령이 나타났다.

"이게 뭐야? 배수의 진인가?"

그의 얼굴엔 비웃음이 가득했다.

"이래서는 내가 무안해지잖아. 덜렁 혼자서 기다리고 있으니까 말이다."

위지극은 웃었다.

"혼자면 충분하지."

"사매! 사매는 이제 그에게서 떨어져 줘야겠어. 검에는 눈이 없다고, 혹시라도 다칠지 모르잖아."

"흥! 당신 말에 내가 따를 것 같아?"

"사부님께서 결정한 것이야. 전에는 몰라서 그랬다 치고 이제라도 알았으니 적을 돕는 짓은 그만둬."

우희명이 발끈했다.

"아버지께 이르겠다고 협박하는 거야?"

"하하하하! 내가 굳이 그럴 필요가 있을까? 어차피 모두 알고 계실 텐데."

우희명이 다시 뭐라 소리치려 하자 위지극이 말했다.

"그의 말이 맞아. 잠시 물러서 있어. 싸우는 건 나 혼자라도 족하니까."

"극아!"

"이번만큼은 내 말에 따라줘. 알았지?"

우희명은 위지극을 쳐다봤다.

위지극의 눈빛, 그것은 그녀에게 거부하지 못하도록 만드는 힘이 있었다.

"알… 았어."

그녀는 힘없이 물러섰다.

그렇지만, 한마디를 남겼다.

"네가 죽으면 나도 죽을 거니까……."

위지극은 빙긋 웃었다.

"걱정 마."

그녀를 한쪽으로 보내고 나서 위지극은 흑의인들을 쓸어

봤다.

“그럼 솜씨 좀 볼까?”

흑령은 자신이 직접 나서려다 다시 생각하고는 한 걸음 뒤로 물러섰다.

말은 그렇게 했지만 상대는 성천자였다.

만에 하나. 정말 만에 하나라도 자신의 패배가 있어서는 안 됐다.

사형은 무당을 치기로 했으니, 자신은 성천자라도 잡아야만 했다.

그래야 교 내에서의 입지도 굳건해지리라.

“가봐.”

“존명!”

휘휙!

대답과 함께 흑의인 둘이 땅을 박차고 허공으로 솟구쳤다.

그리고 위지극을 향해 덮쳐 가며 검을 찔러갔다.

쉬쉭!

검이 도달하기 전부터 기묘한 바람 소리가 연신 귀를 어지럽혔다.

위지극의 눈에서 한순간 짙은 광망이 번뜩였다.

그리고 좌수가 뻗어나갔다.

쾅!

검배를 가격당한 검은 산산조각 나 허공으로 비산했다.

그리고 뒤이어 뱀처럼 기묘하게 움직이며 허공을 찔러가
던 우수는 정확히 또 다른 흑의인의 목을 그대로 움켜잡았다.

"크엑!"

우드득.

모골을 송연하게 하는 목뼈 부러지는 소리.

그리고 그제야 산산이 부서져 버려 검자루만 들고 있는 흑
의인이 떨어져 내렸다.

그는 이미 충격으로 정신을 잃은 상태였으나, 위지극의 죽
음의 손길을 피하진 못했다.

우득.

위지극은 양손에 들린 두 명의 흑의인을 힐끗 쳐다보고는
뒤로 던져 버렸다.

털썩, 털썩.

벼랑 아래에서 그들의 시신이 내는 소리만이 처량하게 들
려왔다.

"이제 둘."

위지극의 음성은 마치 지옥에서의 그것처럼 으스스했다.

흑령은 그런 위지극의 모습을 뚫어져라 보고 있었다.

방금 전의 일수는 똑똑히 봤다.

별 대단할 게 없는 초식이었다.

그렇지만, 위력은 자신의 금화천장(金花天掌)에 버금갈 정
도였다.

흑령이 다시 턱짓을 하자 이번엔 다섯 명의 흑의인이 튀어나갔다.

"부탁인데 말이야."

위지극이 자신 앞에 선 다섯 명을 보며 조용히 입을 열었다.

"제발 한 번에 와줄 수 없어? 그게 편한데."

그렇지만 흑령이나 흑의인들은 그의 생각을 들어줄 생각이 없는 듯했다.

채채채챙!

다섯 명이 일시에 검을 뽑아 들었다.

그들은 서로 눈짓을 교환하더니 진을 펼치려는 듯 위지극을 가운데 두고 다섯 방향을 점하려 신형을 움직였다.

하지만 위지극은 그들이 하고 싶은 대로 하도록 가만히 두고 보지 않았다.

위지극이 허공을 격하고 우장을 뻗어냈다.

그야말로 전광석화 같은 일장!

팡!

그러나 장력은 괜한 땅만 후려쳤다.

흑의인의 신법은 과연 뛰어나 위지극의 장력을 비껴낸 것이었다.

그리고 위지극이 노렸던 흑의인은 그 틈을 노려 자신의 방위를 차지했다.

"하하하하! 뭐 하는 거냐?"

이를 보던 흑령이 대소를 터뜨렸다.

"그럴 수도 있지. 뭘 그리 좋아하고 그래?"

위지극은 여전히 여유로웠다.

"그래그래. 이번에도 무사한지 한번 보지."

오행을 점한 다섯 사람은 위지극을 가운데 두고 서서히 돌기 시작했다.

자신의 동료들이 맥없이 죽어나가는 모습을 본 직후인지라 그들은 매우 신중한 모습이었다.

그리고 쉽게 공격하지 못했다.

위지극은 슬슬 짜증이 치밀었다.

"안 오겠다면 내가 가지!"

그는 성큼성큼 한 명의 흑의인을 향해 걸어갔다.

검을 뽑지도, 그렇다고 공력을 끌어올린 것 같지도 않았다.

그야말로 무방비.

하지만 자신을 향해 다가오는 위지극을 본 흑의인은 심장이 크게 뛰기 시작했다.

그 순간이었다.

쐐애액!

뒤에 위치한 흑의인이 갑자기 검을 찔러왔다.

뿐만 아니라 좌우의 흑의인들은 검을 횡으로 그었다.

휘휙!

“좋아!”

위지극은 지금을 기다렸다.

상대가 먼저 공격하기를.

그는 번개처럼 신형을 돌리더니 가장 먼저 출수한 흑의인을 향해 일권을 쳐냈다.

우르르릉!

펑!

“우엑!”

흑의인은 가슴이 함몰되어 뒤로 날아갔다.

그리고 이어지는 좌장에 옆구리를 쓸어오던 흑의인의 오른다리가 떨어져 나가고 우권에는 또 다른 흑의인의 머리와 가슴이 깨져 그 인육이 튀어 올랐다.

“……!”

남은 두 명도 성하지 못했다.

퍼펑!

위지극이 내지른 권풍에 머리가 사이좋게 달아나고 말았다.

‘뭐… 뭐야, 저게……?

우희명은 자신의 두 눈을 믿지 못했다.

너무나 빨라 확신하지 못하지만, 방금 전 위지극이 펼친 것은 극뢰권마의 흑혈뢰권으로 보였던 것이다.

‘저걸 어느새 배웠지?

위지극은 내뻗었던 주먹을 서서히 거두어들였다.

'괜찮네.'

우희명은 잘못 보지 않았다.

그것은 과연 흑혈뢰권이었다.

한 달이라는 시간 동안 흑혈뢰권에 대한 내현지성을 계속해서 듣다 보니 익히지 않을래야 익히지 않을 수 없었다.

아니, 위지극은 사실 흑혈뢰권이 마음에 들었다.

그것의 파괴력이 마음을 흔들었다.

특히 그것을 펼칠 때 일어나는 우르릉거리는 소리는 가슴을 두근거리게 할 정도로 흥분되었다.

게다가 장법으로서는 대라선장이 있으니, 그에 비할 만한 뛰어난 권공도 하나쯤은 필요하지 않을까 싶었다.

한편 흑령은 위지극의 행동을 하나도 놓치지 않았다.

그의 눈빛이 차갑게 가라앉았다.

처음 펼친 장력은 유하면서도 강한 데 반해, 지금의 권풍은 패도적이었다.

서로 다른 성질의 무공.

그것을 양손으로 펼쳤다.

어떻게 된 몸이기에 그게 가능하단 말인가?

흑령은 다시 한 번 확인해 보기로 했다.

이번에는 두 명이 위지극 앞에 섰다.

똑같은 흑의를 입고 있었지만, 그들의 기세는 이전의 흑의
인들과는 사뭇 달랐다.

‘이들이 바로 우희명이 일급이라 칭했던 자들이겠군.’

그들은 천천히 검을 뽑고 있었다.

검을 뽑는 자세만 보고도 상대의 실력이 어느 정도일 거라
가늠할 수 있었다.

적룡대주에는 못 미친다.

하나 그 차이는 크지 않을 듯했다.

휘휘횡!

좌측에 있는 자가 검을 허공에 휘젓자 흐느적거리며 환영
을 만들어냈다.

한 개에서 두 개로, 두 개에서 네 개로…….

그것은 마치 부챗살처럼 넓게 퍼져 나갔다.

우측에 있는 자가 움직였다.

그는 마치 실에 이끌리듯이 옆으로 이동하더니 좌측 흑의
인의 뒤로 돌아갔다.

넓게 퍼진 검만이 보일 뿐, 흑의인들의 모습이 완전히 검막
뒤에 감춰졌다.

‘흐음…….’

위지극이 가볍게 숨을 들이마셨다.

바로 그 순간!

쉬쉬쉬쉭!

팔랑개비처럼 돌아가는 검이 그대로 위지극을 덮쳐 왔다.

반경 일 장이 모두 흑의인의 검에 들어갔고, 위지극은 그 중심에 있었다.

타타타탁!

흙먼지가 좌우로 정신없이 휘날리고 돌이 튀었다.

위지극은 매섭게 중앙을 노려보며 검을 뽑았다.

그리고 그대로 휘둘렀다.

가벼우면 서도 무겁게, 느리면서도 빠르게.

바로 우극탄천이었다.

그그그궁!

검으로 만들어낸 부채가 중간에서 싹둑 잘려 나갔다.

그리고…….

"크악!"

검력에 휘말린 흑의인은 허리 아래가 한 줌의 핏물로 변해 땅에 처박혔다.

"어딜!"

위지극은 그의 죽음을 확인하기도 전에 허리부터 비틀었다.

쒜애액!

그러자 그의 허리가 있던 자리를 무서운 속도로 검이 훑고 지나갔다.

어느 틈엔가 나머지 한 명이 뒤로 돌아가 검을 떨쳐 낸 것이었다.

뛰어나면서도 빠른 일검.

하지만 그것은 그가 살아서 펼치는 마지막 초식이었다.

퍽!

허리를 비틀며 회전한 후 펼친 위지극의 일장에 흑의인은 머리가 산산이 부서져 버렸다.

'저렇게 쉽게?'

우희명은 놀란 눈을 크게 떴다.

흑령마단의 일급은 그야말로 교에서도 빼어나게 뛰어난 고수에 속한다.

그런 그들이 일검에, 일장에 죽어나갔다.

'어쩌면 흑령도……?'

우희명은 불쑥 흑령 역시 그의 상대가 되지 못할까 하는 생각이 들었다.

불가능한 일이 아니었다.

지금 보여주고 있는 위지극의 무위라면 가능할 듯도 싶었다.

사대봉공을 찾아가 무공을 배우지 않은 것도 그 스스로 자신이 있었기 때문이 아니었을까?

우희명의 눈에 떠오른 희망의 빛이 점점 강해지고 있었다.

한편 위지극은 자신의 손에 죽은 흑의인들을 물끄러미 쳐다보다 고개를 들었다.

“겨우 이 정도로 나를 찾아온 건가?”

“……!”

순간 흑령의 눈빛이 날카로워졌다.

위지극은 고개를 절레절레 흔들더니 천천히 흑령을 향해 다가가기 시작했다.

보법 따윈 없다.

산보와 다름없다.

그럼에도 그의 전신에서는 표현하지 못할 무서운 기운이 흘러나오고 있었다.

“차아앗!”

“이야아!”

명령을 내리지 않았음에도 흑의인들이 앞을 다퉈 튀어나왔다.

우웅!

그 순간 천공을 울리는 북소리가 위지극의 검에서 터져 나왔다.

금고진천!

이전에 비해 삼성이나 위력이 배가된 금고진천이 펼쳐지자 흑의인들은 튀어나오던 속도보다 배는 빠르게 뒤로 날아갔다.

금고진천은 상대를 단순히 밀어내는 것으로 끝나지 않았다.

푸악, 퍼억!

흑의인들의 사지를 비틀고, 납작하게 뭉갰다.

피가 허공을 수놓으며 수많은 인육이 땅을 덮어갔다.

그러는 와중에도 비명 소리 하나 없었다.

미약한 신음 소리도 들리지 않았다.

금고진천은 그들에게 그런 사치조차 용납하지 않았다.

"이놈이!"

순식간에 십여 명의 흑의인들이 죽어나가자 드디어 흑령이 움직였다.

그대로 놔두다가는 수하들이 몰살당할 터였다.

파파팟!

위지극의 정면으로 뛰어오르며 흑령의 손이 빠르게 소매 안에 들어갔다가 뻗어 나왔다.

따다당!

위지극의 검과 흑령이 떨쳐 낸 암기가 맞부딪치며 요란한 소리를 냈다.

'음······.'

위지극은 과연 흑령이 만만히 볼 만한 상대가 아니라는 것을 새삼 깨달았다.

그의 암기로 인해 금고진천의 힘이 약화되었다.

뿐만 아니라 손에도 미미한 아픔이 느껴졌다.

그러나 위지극은 걸음을 멈추지 않았다.

그대로 앞으로 전진하며 검을 뒤로 뺐다.

그사이 흑령은 일 장 앞에 다다라 있었다.

그의 손이 허리춤을 스치는 순간 어느새 그의 우수에는 두 자가량의 단봉이 들려 있었다.

탁, 휘이익!

그리고 땅에 내려서자마자 단숨에 위지극과의 거리를 좁히며 단봉을 휘저었다.

끼이이이!

괴상한 소리가 귀를 자극하며 눈 깜빡할 사이에 위지극의 코앞으로 쇄도했다.

팟!

위지극은 목만을 비틀어 겨우 피해냈다.

그리고 뒤로 돌아갔던 검을 하늘을 반으로 가를 듯이 치켜올렸다.

화악!

"건방진!"

흑령이 한소리 내지르더니 위지극의 시야에서 한순간 사라져 버렸다.

위지극이 잠시 멈칫하는 순간 왼쪽에서 단봉이 튀어나왔다.

팡!

"으음……"

위지극은 급하게 대라선장을 펼쳐 단봉을 막아냈으나 마치 뼈가 부러지는 듯한 충격에 옆으로 한 걸음 물러났다.

"이것도 막아봐라."

파파팟!

이번엔 연속해서 삼 초식이 쏟아졌다.

단봉은 머리를 노리는가 싶으면 허리를 찌르고 있었고, 허리를 찌르는가 싶으면 어느새 다리를 후려치고 있었다.

위지극의 얼굴에 순간 당황한 빛이 스쳤다.

내력이야 둘째 치고, 이건 빨라도 너무 빨랐다.

노종악의 쾌검에 비할 바가 아니었다.

노종악의 검보다 배는 빠른 단봉이 연환식으로 찔러오고 있었다.

흑령의 얼굴에 잔인한 미소가 어렸다.

"이제 끝이다."

그의 말이 끝나는 순간 단봉이 갑자기 두 개로 늘었다.

끼이이이! 끼이이이!

양손에 하나씩 단봉을 든 그가 양팔을 휘젓자 예의 괴음이 발하며 하나는 위지극의 머리를 향해, 하나는 겨드랑이 아래를 노리고 날아들었다.

그야말로 눈 깜빡할 사이.

하지만 그보다 빠른 게 있었다.

촤아아악!

느닷없이 두 개의 단봉 사이를 뚫고 검 하나가 떨어져 내렸다.

"흐흡!"

흑령은 대경하여 단봉을 제대로 회수하지도 못한 채 옆으로 몸을 날렸다.

그러나…….

"큭!"

완벽히 피하지 못했다.

피하기에는 위지극의 검이 너무나 빨랐다.

그의 멋들어진 흑의 장삼은 가슴에서 아랫배까지 길게 찢겨져 있었고, 그 사이로는 붉은 핏자국이 뒤를 잇고 있었다.

"네… 놈이……!"

흑령은 씹어 죽일 듯이 위지극을 노려보다가 장삼을 완전히 찢어버렸다.

그러자 선명한 칼자국이 남아 있는 그의 상체가 드러났다.

'약했군.'

위지극은 속으로 혀를 찼다.

가슴을 완전히 가를 줄 알았는데, 그러지 못했다.

단 한 점을 꿰뚫는 일첨광섬을 종으로 변화시킨 것이었으나, 본연의 위력에 미치지 못했다.

그래도 방금 전에는 그게 최선이었다.

일첨광섬을 펼치기에는 상대가 너무 가까이 있었기 때문

이다.

'극이가 앞서고 있어……!'

우희명은 점점 흥분되었다.

그녀는 흑령이 단봉을 쓰는 모습을 처음 보았다.

그러나 그가 사용하는 단봉이 무엇인지는 알았다.

천마금봉(天魔金棒).

아버지에게 들은 적이 있었다.

천마금봉으로 펼치는 이십사수 금마봉법(金魔棒法)은 세상의 그 무엇보다 빠르고 매섭다고 했다.

그리고 그것에 당하는 자는 자신이 천참만륙이 되는지도 모르고 죽어간다고 했다.

그런데 그런 금마봉법이 저리 맥없이 깨질 줄이야.

우희명은 손에 땀이 배어 나오고 있었다.

한편 위지극과 흑령의 결전을 나무 위에서 바라보고 있는 두 사람이 있었다.

어떻게 나무에 올라갔는지 의심스러울 정도로 뚱뚱한 사내와 마치 나무에서 뻗어나온 듯한 가지처럼 마른 사내.

그중 뚱뚱한 자가 조용히 말했다.

"어이, 이거, 잘하면 저놈이 지겠는데?"

"……."

"우리가 슬슬 나가봐야 하지 않을까? 이대로 놔두다가는 귀찮은 일이 생길 것 같아."

"조금만 더 기다려 보지."

"기다려? 저 막대기 두 개 들고 설치기만 하는 놈은 이제 끝인 것 같은데."

그 말에 마른 사내가 묘한 미소를 지었다.

"어라? 뭔가 알고 있는 눈치네? 말해봐. 뭔데? 응? 비겁하게 혼자만 알지 말고."

"자네는 천마금봉이 뭔지 모르나?"

"전혀. 그게 저 막대기 이름인가 보지?"

"맞네."

"그래서, 그게 뭐가 어떻다는 건데?"

"두고 보면 알게 될 거야."

그 말을 끝으로 마른 사내는 입을 다물었다.

뚱뚱한 사내는 궁금해 미칠 것 같았지만, 한 번 입을 다문 마른 사내의 입을 열게 하기란 불가능하다는 사실을 알고 있기에 시선을 장내로 돌렸다.

흑령은 지금까지와 다른 모습이었다.

그의 어깨 위로 검은 연기 같은 것이 뭉클거리고 올라가고 있었던 것이다.

위지극은 그가 무슨 짓을 하는지 잠자코 바라보고 있었지만, 그 모습을 본 순간 우희명은 얼굴이 핼쑥하게 변했다.

'아버지가……?

저 흑기는 교주만이 익히는 오극신마의 무공이 틀림없었다.

오극심결을 익혔을 때 나오는 현상.

물론 그 화후에 따라 색의 차이는 있지만, 흑기를 내는 것으로 보아 흑령은 이미 사성의 경지에 이르렀단 말이었다.

'그래서 그런 말을……'

흑령을 결코 우습게 보지 말라고 했던 것.

그제야 우희명은 부친의 말을 이해할 수 있었다.

그러면서도 한편으로는 배신감이 밀려왔다.

흑령에게 오극심결을 물려줬다는 것은 그를 후인으로 삼겠다는 뜻이나 다름없었으니…….

第四十八章
함께하는 사랑

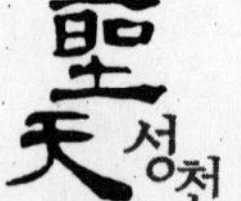

흑령은 천마금봉을 부서져라 꽉 쥐었다.

그리고 그의 눈빛이 한차례 번뜩인다 싶은 순간!

"차앗!"

끼이이이!

천마금봉이 허공을 찢으며 위지극에게로 날아갔다.

뒤이어 흑령의 신형이 천마금봉을 따라 일직선으로 쏘아져 갔다.

하나 위지극의 눈에는 천마금봉뿐만 아니라 흑령의 신형도 똑똑히 들어왔다.

이미 흑령의 빠른 움직임에 어느 정도 익숙해진 것이다.

위지극은 제자리에서 비스듬히 오른발을 내딛으며 검을 횡으로 그었다.

그그궁.

우극탄천의 파동이 천마금봉을 덮쳐 갔다.

하지만 막대한 진기가 실린 천마금봉은 잠시 흔들리기만 하고 땅에 떨어지진 않았다.

아니, 오히려 지척에 이르면서 속도가 더욱 빨라졌다.

"타앗!"

위지극의 기합 소리와 함께 눈부신 빛이 사방으로 쏘아져 나갔고, 일첨광섬이 천마금봉과 정면으로 충동했다.

콰아앙!

과연 우극탄천을 이겨낸 천마금봉도 일첨광섬을 버텨내진 못했다.

끼이이이.

괴성을 내며 허공으로 날아올라 가고 있었던 것이다.

하나 그와 동시에 코앞까지 도달한 흑령이 위지극의 심장을 향해 나머지 하나의 천마금봉을 찔러 넣었다.

위지극에겐 다시 검을 휘두를 만한 시간이 없었다.

어쩔 수 없이 비어 있는 왼손으로 막을 수밖에 없었다.

퍼억!

우드드득!

위지극의 손을 뚫고 천마금봉이 튀어나왔다.

"죽어랏!"

흑령은 고함을 내지르며 위지극의 손을 뚫은 기세 그대로 머리를 박살 내려 밀어 넣었다.

하지만 욕심을 부린 것이 실수였다.

뼈가 박살 나는 극심한 고통은 무인을 기절시키기에 충분한 충격이지만, 위지극에게만은 아니었다.

위지극이 오히려 부상당한 왼손으로 흑혈뢰권을 펼쳤던 것이다.

파지직!

시커먼 뇌전을 일으키는 좌수가 천마금봉을 쥐고 있는 흑령의 우수를 강타했다.

빠악!

"아악!"

흑령이 비명을 지르며 튀어나갔다.

그는 비틀거리며 정신없이 물러서서 오른팔을 움켜쥐었다.

흑령의 팔은 자신의 옷처럼 시커멓게 변해 있었다.

"이… 이……"

위지극은 그에게서 시선을 거두고는 자신의 좌수를 내려다봤다.

구멍이 뚫린 상태에서 무리하게 흑혈뢰권을 펼쳐서인지 그의 손은 처참하게 변해 있었다.

'미숙해.'

위지극의 머릿속엔 오직 그 생각뿐이었다.

어떻게 싸울 때마다 이런 부상을 당한단 말인가.

'이번에는 괜찮을 줄 알았는데.'

위지극이 자책하듯이 고개를 저으며 땅에 떨어진 천마금봉을 주웠다.

그 모습을 본 흑령은 이성을 잃을 지경이었다.

'저따위 놈에게… 저따위 놈에게 내가…….'

한 손을 잃은 것도 모자라 병기까지 적에게 내준 꼴이었다.

끼이이이이.

하늘 높이 솟구쳤던 나머지 천마금봉이 그제야 흑령 앞에 떨어져 내렸다.

그는 번개처럼 엎드려 그것을 움켜쥐었다.

그 순간 흑령의 눈빛은 더없이 잔혹하게 변해 있었다.

'이렇게 된 이상!'

그는 벌떡 일어서더니 숨을 몰아쉬었다.

위지극은 그런 그를 잠시 쳐다보다가 조용히 입을 열었다.

"이제 그건 다 봤어. 다른 무공은 없나?"

"닥쳐라!"

흑령은 울화가 치솟으면서도 지금의 상황을 도통 이해할 수 없었다.

입은 상처는 비슷한데 저놈은 왜 저리 태연하냔 말이다.

이미 싸움이 저놈의 승리로 끝난 것처럼 보이지 않은가.

‘아니야. 결코 지지 않아, 나는 결코 지지 않아!’

“이야아!”

흑령의 신형이 재차 쏘아져 갔다.

그러나 그 속도는 처음에 비해 한참이나 느렸다.

“언제까지 똑같은 수를 쓸 참이야?”

위지극도 이번엔 기다리지 않았다.

그는 크게 두 걸음 내딛었고, 뒤이어 탄검전궁 일식을 펼치려 했다.

바로 그때였다.

후후훙!

‘……!’

위지극은 두 눈을 부릅떴다.

느닷없이 좌측에서 웅혼하기 짝이 없는 장력이 엄습해 왔기 때문이다.

그것의 정체를 생각하고 있을 틈이 없었다.

“차앗!”

좌수로는 급히 대라선장을 휘두르고, 검으로는 탄검전궁이 아닌 금고진천을 펼쳤다.

적을 확인하지 못한 지금 탄검전궁을 펼칠 경우 일시지간 병기가 없는 무방비 상태가 되기 때문이었다.

쾅!

먼저 부딪친 것은 정체 모를 장력이었다.

“큭!”

위지극은 외마디 신음과 함께 두 자가량 밀려났고, 뒤이어 흑령의 천마금봉이 쇄도했다.

그런데…….

덮쳐 오는 것은 천마금봉뿐이었다.

흑령은 어느새 병기를 내던진 채 저만치 떨어져 있는 게 아닌가?

위지극이 의아해하는 순간 금고진천이 천마금봉을 후려쳤다.

그 순간 위지극은 똑똑히 볼 수 있었다.

검에 부딪치기 직전 천마금봉의 끝이 열리며 무언가가 튀어나오는 것을!

‘뭣!’

쾅!

“크으윽!”

위지극은 정신없이 물러섰다.

얼굴이 불에 데인 듯 화끈거리고, 가슴과 팔 역시 마찬가지였다.

“극아!”

자욱한 연기 사이로 위지극이 비틀거리는 것을 보자 우희명이 놀라 뛰어가려 했다.

“오지 마!”

위지극은 크게 눈을 뜰 수 없었다.

눈에 뭐가 들어갔는지 따가움이 극심했다.

마치 불로 눈을 후벼 파는 듯한 고통이다.

'이……!'

위지극은 손을 눈으로 가져갔다.

가늘고 딱딱한 게 만져졌다.

그것을 한 웅큼 잡아 뽑자 가까스로 눈을 뜰 수 있었다.

'침?'

자신의 손에 들려 있는 것은 우모침이었다.

눈과 얼굴뿐만이 아니라 우모침 수백, 아니, 수천 개가 다리와 오른쪽 상반신을 가득 덮고 있었다.

그것은 단순히 타는 듯한 고통만 주는 게 아니었다.

진기가 급격히 흐트러지고 정신이 몽롱해지고 있었다.

"크하하하! 그대로 죽어라, 성천자."

흑령의 미친 듯한 웃음소리가 들려왔다.

하나 위지극은 그의 웃음소리 따위에 신경 쓸 정신이 없었다.

'독인가? 이번엔 또 어떤… 아니, 그보다!'

위지극은 고개를 번쩍 치켜들었다.

"하하하하!"

"대단하구나."

갑자기 허공에서 대소 소리와 함께 두 사람이 떨어져 내렸다.

그들은 나무 위에서 격전을 지켜보고 있던 자들이었다.

뚱뚱하고 마른 중년의 사내.

웃음소리는 바로 뚱뚱한 자가 낸 것이었으나, 뒤이은 말은 마른 사내가 한 것이었다.

"그 상황에서도 나의 장력을 막아내다니, 과연 성천자라 할 만하다."

위지극은 극심한 고통을 겪고 있으면서도 허리를 곧게 폈다.

"당신들은 누구요?"

위지극의 말에 마른 사내가 눈을 치켜떴다.

"오, 말을 할 수 있느냐? 천마금봉에 담겨진 금사모(金蛇毛)는 신선마저 저승으로 데려갈 정도로 지독하다던데, 그 소문이 과장된 것이었나?"

위지극은 희미하게 웃었다.

"웃어?"

"우습지 않소. 신선도 데려간다니 말이오. 나조차 쓰러뜨리지 못하는 것이 그리 대단하다니."

"크하하하하!"

뚱뚱한 자가 또다시 대소를 터뜨렸다.

"저 아이 때문에 그러는 거지? 그렇지? 허세는 그만 부리는 게 좋을 거다."

그는 우희명을 손가락질하며 비아냥거렸다.

"걱정하지 마라. 저 계집이 우릴 건드리지 않는 이상 우리도 손을 쓸 생각은 없으니까. 우린 너만 해치우면 돼."

"네놈들은 누구냐!"

흑령이 소리쳤다.

위지극은 그를 힐끗 쳐다봤다.

설마하니 그도 모르는 자들인가 싶었지만, 흑령이 핏대를 세우고 있는 모습으로 보아 거짓이 아닌 듯했다.

"멍청한 놈, 저 귀한 천마금봉을 그런 식으로 사용하다니. 나가 죽어라."

뚱뚱한 사내의 욕지거리에 흑령의 얼굴이 시뻘겋게 달아올랐다.

"뭐… 뭐라고……."

"네놈이 제대로 했으면 우리가 이렇게 나섰겠느냐? 아무튼 오냐오냐하고 큰 놈들은 하는 짓거리가 꼭 병신 같아서 문제야."

흑령은 어이가 없어 대꾸조차 하지 못했다.

그가 언제 이런 험한 말을 들어보았겠는가.

그때 불현듯 그의 머릿속을 스쳐 가는 게 있었다.

"당신들, 혹시 사죽림에서……?"

"알면 입 닥치고 있어."

뚱뚱한 사내는 무서운 눈으로 흑령을 한차례 쏘아보고는

마른 사내에게 물었다.

“어떻게 할까?”

“그분의 말씀을 잊지 말게.”

“아무래도… 그래야겠지?”

마른 사내가 천천히 고개를 끄덕였다.

“좋아!”

뚱뚱한 사내는 크게 소리치고는 품에서 소도를 꺼내 들었다.

소도는 아무 장식도 되어 있지 않아 싸구려처럼 보였지만, 그것의 날만큼은 은은하게 백색을 띠고 있어 스산한 느낌이 드는 물건이었다.

그는 위지극을 보며 씨익 웃더니 위지극에게 걸어갔다.

위지극은 검을 쥔 손에 힘을 주었다.

고통은 참을 만했다.

지금까지 겪은 고통 중 가장 심했지만, 그런 대로 익숙해지고 있었다.

문제는 어지러움이었다.

진기 역시 지금 당장은 부족했지만 조금만 시간이 지난다면 다시 모을 수 있었다.

“뭘 하려는 것이냐!”

“아니, 저 자식이.”

흑령의 말에 뚱뚱한 사내의 인상이 험악하게 변했다.

"자꾸 귀찮게 하면 네놈부터 죽인다?"

그가 고개를 돌려 자신을 쳐다보자 흑령이 지지 않고 소리쳤다.

"다 잡아놓은 놈을 뺏어가는 게 사죽림이 하는 일인가?"

"뭐? 다… 다 잡아놔?"

그는 멍하니 흑령을 쳐다보다가 입가를 씰룩였다.

"크… 크크크… 크하하핫!"

장삼 사이로 드러난 배를 잡고 미칠 듯이 크게 웃던 그는 갑자기 웃음을 뚝 그치고는 흑령을 노려봤다.

"똑똑히 들어라, 이 돌대가리야. 이 성천자는 말이다, 너 같은 놈의 손에 죽지 않아."

"뭐라고! 어디서 되지도 않는 헛소리를……."

"끝까지 들어!"

뚱뚱한 사내는 버럭 소리치고는 천천히 말을 이었다.

"이놈은 말이다. 나도 믿기지 않는 일이긴 하지만… 죽지 않는 몸이란다."

"……?"

흑령은 잠시 그가 무슨 소리를 하는지 몰라 멀뚱하니 그를 쳐다보고만 있었다.

그러나 그 말에 위지극은 숨이 멈췄다.

'설마… 이자들이…….'

"못 알아듣겠냐? 네놈이 아무리 칼부림을 해봐야 이 성천자란 놈은 죽지 않는다고. 즉, 불사란 이야기다!"

"……!"

그러나 여전히 혹령은 멍한 모습이었다.

불사라니, 죽지 않는다니. 그런 일이 대체 어떻게 일어난단 말인가?

반면 우희명은 몸을 가늘게 떨었다.

'불사…….'

갑자기 그녀의 머릿속에 과거의 일들이 떠올랐다.

위지극은 분명 유금도문에서 노대후의 도에 가슴이 꿰뚫리고도 멀쩡했다.

그는 만상유신공 덕택이라 했지만, 사실 그런 신공은 처음 듣는 것이었다.

뿐만 아니다.

바로 얼마 전에는 심장이 멈췄다.

숨도 쉬지 않고 맥도 뛰지 않았다.

그랬는데 다시 살아났다.

만상유신공 때문일 거라 막연히 생각했지만, 다시 되돌아보면 정신을 잃고 있는 와중에 어떻게 공력을 운용할 수 있단 말인가?

아무리 신공이라 해도 죽은 사람을 살릴 수는 없는 법이었다.

'설마… 정말로…….'

우희명은 믿기지 않는다는 눈빛으로 위지극을 쳐다봤다.

그의 얼굴은 딱딱하게 굳어 있었다.

그 순간 우희명은 확실히 깨달았다.

'사실이구나!'

그는 정말 불사다.

죽지 않는다.

한편으로는 이상했지만, 한편으로는 기뻤다.

불사의 몸이라면 천마금봉의 독에 당했더라도 죽지 않을 것이고, 이 상황을 벗어날 수 있을 터였다.

그러나 우희명이 기뻐하기는 아직 일렀다.

"못 믿겠냐? 나도 믿기지 않았다. 그러나 믿을 수밖에 없었다. 왜냐고? 그분이 말씀하셨으니까. 그분의 말은 모두 진리니까 말이다."

뚱뚱한 사내는 흑령을 일별하고는 위지극에게 시선을 돌렸다.

"해서 받은 게 이거다."

그는 소도를 위지극의 눈앞에 들어 올렸다.

"이것에 베이면 네놈도 죽는다고 말씀하셨다. 이제 알겠냐, 우리가 온 이유를?"

"그래서 온 거였군."

한데 위지극의 목소리는 뚱뚱한 사내의 예상과 달리 담담하기만 했다.

“어? 놀라지 않네?”

그가 눈을 치켜뜨자 위지극의 입가에 한줄기 뜻 모를 미소가 피어올랐다.

“당신 말이야……”

“……?”

“고수치고 말이 너무 많아.”

쐐에에엑!

“억!”

갑자기 뚱뚱한 사내의 눈앞에서 빛이 터져 나왔다.

그는 급히 피하려 했으나, 전혀 예상 못한 상태에서 펼쳐진 일첨광섬을 빗겨내진 못했다.

“카악!”

“이놈이!”

뚱뚱한 사내가 가슴을 부여잡고 비틀거리자 마른 사내가 장력을 쏟아냈다.

콰콰쾅!

위지극은 삼 초식을 연이어 펼쳐 내 장력을 해소시키고는 뚱뚱한 사내를 향해 이번엔 망사불악을 전개했다.

“이… 자식이!”

뚱뚱한 사내는 두 눈을 부릅뜨고는 나머지 손으로 소도를 휘둘렀다. 그러나……

쾅!

"크윽!"

이미 가슴에 구멍이 뚫려 진기를 모으지 못한 그는 망사불악을 이기지 못하고 오른팔이 산산이 부서져 나갔다.

그리고 그의 소도는 멀리 날아가 버렸다.

"이 비겁한 새끼가……."

그는 급하게 다른 소도를 꺼냈으나 이어지는 일검을 피하지 못하고 머리가 박살 났다.

"마호(魔虎)!"

마른 사내가 목청이 터져라 그를 불렀다.

그러나 마호라 불린 뚱뚱한 사내는 이미 절명하여 뇌수가 흘러나오고 있었다.

"죽어라!"

그는 노도와 같은 장력을 연거푸 뿜어냈다.

마른 사내는 공력을 모조리 끌어올려 장력을 펼치고 있는지라 그 위세가 대단했다.

위지극은 한 명을 속전속결로 해치우고 나자 비교적 여유롭게 그를 상대할 수 있었다.

마호란 사내는 크나큰 실수를 저질렀다.

위지극이 천마금봉의 독에 당했다는 사실에 너무나 태만했다.

위지극이 공력을 다시 모으는 데까지는 그리 오랜 시간이 걸리지 않았다.

그 귀중한 시간을 잡담하는 데에 모조리 허비한 마호는 결국 처참한 죽음을 맞이한 것이었다.

마른 사내는 전력을 다하고 있었지만, 위지극을 상대로 밀리고 있었다.

항상 둘이서 합공을 취하다가 갑자기 한 명이 사라져 버리자 그 공백이 예상외로 컸다.

'빌어먹을!'

그는 자신의 최후가 보이는 듯했다.

이제 길어봐야 십여 초.

그 후면 마호와 같은 신세가 될 것이었다.

그러나 바로 그때, 그에게 구원의 목소리가 들려왔다.

"모조리 달려들어 죽여!"

흑령이었다.

"존명!"

그의 명이 떨어지자 흑의인들 수십 명이 일시에 신형을 날리고, 그 뒤를 이어 또다시 수십 명이 위지극을 노리고 덮쳐 갔다.

"당신!"

우희명이 흑령을 분노에 찬 눈빛으로 쏘아봤으나, 그는 우희명에게 눈조차 돌리지 않았다.

그의 관심은 오직 하나.

위지극을 죽이는 것뿐이었다.

"차앗!"

"히야아!"

퍼퍼펑!

위지극은 이미 어느 정도 상태를 회복한 왼손으로 대라선장을 연거푸 펼치고 검으로는 마른 사내를 상대했다.

"크악!"

"컥!"

흑의인들은 몸이 터져 나가고, 머리가 부서지면서도 끊이지 않고 날아들었다.

"어서, 어서 가란 말이다!"

그러는 와중에도 흑령은 계속해서 소릴 지르고 있었다.

위지극의 손발은 잠시도 쉬지 못했다.

흑의인들만 있다면 또 모르겠으나, 실력에서 크게 차이 나지 않는 마른 사내를 동시에 상대하다 보니 점점 힘이 부쳐 갔다.

그렇게 스무 명쯤을 해치웠을 때.

"큭!"

결국 일검을 다리에 맞고 말았다.

"죽어라!"

이를 본 흑의인들은 힘이 나는지 더욱 거세게 위지극을 밀어붙였다.

위지극의 상처는 점점 늘어났다.

팔이 찢기고, 등이 베였다.

피가 흐르다 굳고 다시 흐르다 굳기가 반복됐다.

'이대로는 안 되겠어.'

위지극은 결단을 내렸다.

어떤 부상을 당할지라도 일단 마른 사내를 해치우는 것이 먼저였다.

장시간 격전이 계속되면서 많은 공력이 소모된 위지극이 내릴 수 있는 최선의 선택이었다.

위지극은 뒤를 돌아보지 않았다.

검이 찔러오면 찔러오는 대로 베어오면 베어오는 대로 모두 맞아줄 생각이었다.

그리고 마른 사내를 향해 빠르게 전진하며 탄검전궁을 펼치려 했다.

막 검이 자신의 손을 떠나려는 순간,

서너 개의 검에 등이 뚫렸고, 다리를 베였다.

"차앗!"

하나 끝까지 탄검전궁을 펼쳐 냈다.

위지극은 검이 자신의 손을 벗어나는 순간 미세하게 방향이 틀어졌음을 깨달았다.

그 찰나의 순간, 자신의 어깨에 틀어박힌 검 때문이었다.

'실패다.'

역시나 예상은 틀리지 않았다.

상대의 머리를 노리고 펼쳤건만 그의 허리 쪽으로 날아간 검은 팔 하나를 부수고 허리에 틀어박혔다.

"크으으."

마른 사내가 허리를 잡고 쓰러졌다.

검을 놓친 위지극은 달려드는 흑의인에게 대라선장을 날리며 그의 검을 빼앗았다.

그리고 움직임을 방해하는 어깨에 박힌 검을 뽑으려 했다. 그런데…….

"……!"

위지극은 순간 돌처럼 굳어버렸다.

어깨에 박혀 있는 것.

그것은 검이 아니었다.

한 자가 못 되는 자그마한 소도.

그것은 뚱뚱한 사내가 들고 있던 바로 그 소도였다.

'어… 어떻게 이것이…….'

그때 흑령의 웃음소리가 들려왔다.

"크하하핫. 꼴 좋구나."

그가 나타나자 흑의인들은 일제히 검을 거두고는 뒤로 물러났다.

"그 돼지 같은 놈의 말을 믿는 건 아니지만 말이야, 혹시나 해서 찔러봤어. 어때, 괜찮았어?"

흑령의 입가에는 비웃음이 가득했다.

위지극은 그를 쳐다보다가 시선을 어깨로 향했다.

그런데 자신도 모르게 오른쪽 어깨를 부들부들 떨고 있는 게 아닌가?

'뭐지?'

위지극은 도를 잡아 뽑았다.

하얀빛을 뿌리던 검날이 어느새 흑색으로 변해 있었다.

"그것참, 신기하구만. 아무래도 특이한 독이라도 발라져 있었나 보네?"

흑령이 히히덕거렸으나 위지극은 그의 말이 귀에 들어오지 않았다.

어깨를 통해 뭔가 이질적인 것이 몸에 퍼지고 있는 기분이 들었기 때문이다.

그것은 독이라기보다는 살아 있는 무엇이었다.

미세하게 꿈틀거리는 그것들은 순식간에 어깨와 가슴을 지나 다리로 내려갔다.

푸학!

"큭!"

위지극의 신형이 크게 휘청였다.

그의 가슴과 배를 꿰뚫고 있는 검을 통해 붉은 피가 쏟아져 나왔다.

'이… 이게……'

회복이 되지 않았다.

심장이 터졌을 때도 이렇게 피가 많이 흐르지는 않았다.

예전 같았으면 더욱 빨리 뛰어야 할 심장도 점점 힘을 잃어가고 있었다.

"극아!"

우희명이 달려왔다.

그녀는 울고 있었다.

위지극은 그녀의 눈을 바라봤다.

그녀의 눈에 고여 있는 눈물 때문인지, 그녀가 더욱 예뻐 보였다.

"울… 지 마."

그 무엇인가가 목을 가득 막아버렸기 때문일까?

아니면 치미는 감정에 목이 메여서였을까?

말이 제대로 나오지 않았다.

"어… 어떻게… 어떻게……."

우희명이 울먹이자 위지극은 그녀의 어깨를 감싸 안았다.

그렇지만 몸을 지탱치 못하고 자꾸만 그녀에게 쓰러지려 했다.

"난 아무렇지도 않아. 그러니까… 울지 마."

우희명은 아무 말도 하지 못했다.

오직 그의 얼굴만을 뚫어져라 보고 있었다.

위지극은 그녀의 품에 힘없이 머리를 떨어뜨렸다.

그때였다.

"죽어!"

갑자기 마른 사내의 목소리가 정적을 깨고 터져 나왔다.

그리고 그 순간!

쐐에에엑!

허공을 가르며 위지극의 검이 주인의 등을 노리고 쏘아져

왔다.

위지극은 보지 못했다.

보아도 피할 힘조차 없었다.

푸욱!

근육을 가르는 소리가 들려왔다.

귀로 듣는 것인지, 몸으로 듣는 것인지조차 알 수 없었다.

그러나 정확히 심장에 적중되었음은 느낄 수 있었다.

하지만 검 하나쯤 더 몸에 박히는 게 뭐 대수겠는가.

위지극은 그렇게 생각했다.

적어도 흑령의 절규하는 소리를 듣기 전까진.

"안 돼!"

귀가 터져라 들려오는 그 소리에 위지극은 감겼던 눈을 슬

그머니 떴다.

뭐가 안 된다는 것인가? 자신이 죽으면 안 된다는 것인가?

그가 몽롱한 정신으로 의아해하고 있을 때 흑령의 고함소

리가 다시 들려왔다.

"사매!"

‘······!’

그 순간 위지극은 정신이 번쩍 들었다.

‘희명!’

위지극은 고개를 치켜들었다.

그녀는 자신을 방금 전과 변함없는 그윽한 눈빛으로 쳐다보고 있었다.

그녀의 입가에 희미한 미소가 떠올랐다.

“말했잖아.”

“뭐… 뭐를······.”

우희명의 입가에 떠오른 미소가 조금 짙어졌다.

“네가 죽으면, 나도 죽는다고.”

“······!”

불길한 예감이 엄습했다.

위지극은 가까스로 손을 들어 올려 그녀의 등을 더듬었다.

무언가가 만져졌다.

날카로운 검.

그리고 손을 적시는 핏물.

위지극의 얼굴이 처참히 일그러졌다.

“이… 미친 새끼야!”

뒤쪽에서 흑령의 고함 소리와 함께 둔탁한 소리가 들려왔다.

이성을 잃은 흑령이 마른 사내를 쳐 죽이는 소리리라.

그러나 위지극은 관심이 없었다.

조금이라도 더 오랫동안 우희명의 얼굴을 보고 싶었다.

얼마 남지 않은 시간을 다른 사람의 모습으로 채우기 싫었다.

두 사람은 마치 한 몸인 것처럼 천천히 땅에 쓰러졌다.

그러는 동안에도 둘의 시선은 서로에게 고정되어 있었다.

위지극의 눈이 서서히 감겼다.

'미안하다, 희명아… 그리고 사랑해.'

위지극은 차마 입 밖으로 낼 수 없었던 말을 속으로 대신했다.

"어?"

그때 흑의인 중 한 명이 이상한 소리를 냈다.

흑령이 그를 사나운 눈빛으로 노려보자 그는 한차례 움찔하더니 손으로 하늘을 가리켰다.

"저기……."

흑령은 험악한 표정을 풀지 않았다.

그러면서도 수하가 가리키는 방향으로 고개를 돌렸다. 그리고,

"어?"

무언가를 발견하고는 수하와 마찬가지로 소릴 냈다.

'저게 뭐지?'

그것은 하나의 점이었다.

푸른 하늘에 구름처럼 하얀 점이 빠른 속도로 다가오고 있
었다.

처음엔 새인 줄로만 생각했다.

하지만 그것이 점점 가까워질수록 그의 낯빛이 경악으로
물들었다.

"사… 람?"

그 하얀 점은 백의를 휘날리며 날아오고 있는 인영이었던
것이다.

"멈춰라!"

갑자기 천공을 울리며 귀를 먹먹하게 하는 대성이 터져 나
왔다.

"크윽!"

흑령은 전신을 휘청였다.

내력이 진탕하며 피가 끓어올랐다.

'사자후!'

아니, 불문의 사자후도 이 정도는 아니다.

그는 가슴을 부여잡으면서도 백의인으로부터 눈을 떼지
못했다.

자신들의 머리 위 삼십 여장 높이까지 날아온 백의인은 잠
시 멈칫하는가 싶더니 마치 벼랑에서 떨어지듯 수직으로 떨
어져 내렸다.

"어… 어……!"

흑령은 놀란 눈을 치켜뜨다가 급히 몸을 피했다.

그와 동시에,

콰아앙!

그가 서 있던 자리에 백의인이 굉음을 내며 떨어져 내렸다.

그 충격으로 땅바닥이 일 장이 넘게 주저앉았다.

백의인은 구덩이에서 천천히 걸어나왔다.

그러면서 좌중을 무서운 눈빛으로 쓸어봤다.

'……'

흑령은 말이 나오지 않았다.

누구냐고 묻고 싶었지만 그의 무서운 눈빛을 대하게 되자 입이 얼어버렸다.

주위를 둘러보던 백의인은 이윽고 땅에 쓰러져 있는 위지극을 발견했다.

"극아!"

그는 위지극과 함께 누워 있는 우희명을 보고는 미간을 찌푸렸다.

그리고 조심스럽게 검을 뽑아냈다.

우희명이 가느다란 신음 소릴 냈으나, 그는 끝까지 검을 뽑아냈고, 위지극에게 박혀 있는 나머지 모든 검 역시 제거했다.

"극아, 정신 차리거라."

위지극의 눈꺼풀이 살짝 떨리며 눈이 떠졌다.

그는 백의인을 알아보았다.

"이 아저씨……?"

"그래, 나다. 나를 알아보는구나."

"여길 어떻게……."

"아니, 됐다. 그만 말하거라. 그나저나 이 아이가 네 정인이냐?"

그가 우희명을 가리키자 위지극은 희미하게 웃었다.

"맞구나. 됐다, 넌 이제 눈을 감고 가만히 있어라."

백의인은 품에서 큼지막한 봉지를 꺼내더니 그 안에 있던 하얀 가루로 우희명과 위지극의 상처를 수북하게 덮었다.

일을 마친 그는 손을 탁탁 털고는 조그맣게 중얼거렸다.

"아무튼 촌장님도… 내가 미리 알고 챙겨오지 않았으면 어쩔 뻔했어? 극이는 몰라도 이 애는 꼼짝없이 죽을 뻔했구만."

그리고 휙 고개를 돌려 흑령을 쳐다봤다.

"네놈이냐?"

"……."

"어른이 묻는데 대답 안 하냐?"

이염이 윽박질렀으나 흑령은 아무 소리도 하지 못했다.

하고 싶지만 할 수 없었다.

그가 멀뚱거리며 자신만을 쳐다보고 있자 이염은 고개를 설레설레 저었다.

"됐다. 어차피 극이가 깨어나면 알게 될 테니까. 쓰레기 같은 것들. 도대체 한 명한테 몇 놈이나 달려든 거야."

그는 분이 풀리지 않는지 툴툴거리면서 두 사람을 끌어안았다.

"명심해라. 천주의 엄명이 있어 내 손을 쓰진 않는다만, 이 아이가 다시 강호에 나올 때 네놈들은 공포가 무엇인지 똑똑히 보게 될 것이다."

그는 다시 한 번 흑의인들을 무서운 눈빛으로 쓸어보고는 땅을 박찼다.

콰아앙!

굉음과 함께 그의 신형이 하늘 높이 솟구쳤다.

그리고 다시 쾅! 하는 소리가 들리더니 그의 신형이 까마득하게 사라져 버렸다.

그의 모습이 완전히 사라지고 나자 그제야 흑령은 털썩 주저앉았다.

"도대체… 도대체……"

그가 할 수 있는 말은 그것뿐이었다.


"저기 봐요!"

벼랑 아래에서 사연화가 하늘을 가리켰다.

이십일조원들은 모두 백의인이 하늘로 솟구치는 모습을 쳐다보았다.

그리고 옆구리에 끼어 있는 사람도 눈에 들어왔다.

그들은 위의 상황이 어떻게 돌아가고 있었는지 자세히 알지 못했다.

그러나 어느 순간 신비로운 백의인이 하늘에서 내려와 잠시 후 위지극과 우희명을 데리고 떠나가자 대충이나마 짐작할 수 있었다.

"극이가 다쳤나 봐요."

사연화의 말에 금산청이 고개를 끄덕였다.

"그런 듯하구나. 그러나 다행히도 목숨에는 지장이 없는 것 같다."

만약 죽었다면 그 둘을 데려갈 이유가 없었다.

"그런데 누굴까요? 저 하얀 옷을 입은… 사람."

소유아가 눈을 동그랗게 뜨고 물었다.

그녀는 백의인을 사람이라 칭하는 것조차 망설였다.

그의 놀라운 경공.

그것은 인세의 무공이라고는 볼 수 없을 정도로 초절한 것이었다.

"아마도 성천에서 왔겠지. 저런 고인이 있을 곳은 그곳밖에 없으니까."

"아무래도… 그렇겠죠?"

"유아야, 이제 괜찮아?"

위도곡이 묻자 소유아는 가슴을 두드렸다.

"당연하지. 이제 쌩쌩해졌어."

그러나 금세 갑자기 시무룩한 표정을 지었다.

"그런데 내 흑전태도가……."

금산청이 그녀의 어깨를 두드리며 말했다.

"그건 나중에 찾자. 지금은 무당에 도착하는 것이 급선무야."

"그래요. 또한 흑의인들도 완전히 물러갔는지 알 수 없으니까요."

사연화도 동조했다.

무당파로 향하면서 금산청은 심히 부끄러웠다.

'극이에게 짐만 되다니…….'

동료이자 친구로서 적어도 더 이상 그런 일은 없어야만 했다.

'기다리겠다, 네가 돌아오는 날을. 그때까지 나도 뭔가를 이뤄놓으마.'

금산청의 얼굴에 결연한 빛이 떠올랐다.

第四十九章
성천으로

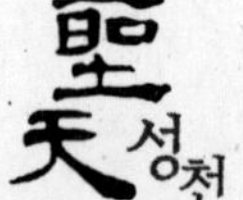

얼마나 시간이 흘렀을까?

위지극은 눈을 뜨고 싶었지만 그렇게 할 수 없었다.

사지를 움직이지도 못했다.

그렇지만 뚱뚱한 사내의 말처럼 완전히 죽은 것도 아니었
다.

정신이 혼미하고 진기조차 모을 수 없었지만 생각은 할 수
있었다.

그리고 자신을 후려치고 있는 세찬 바람도 느껴졌다.

피도 더 이상 흐르지 않았다.

하나 그 이유는 역천지신여서가 아니라 이염이 뿌린 하얀

가루 덕분임을 위지극은 알고 있었다.

"정신이 드느냐?"

이염의 목소리가 들려왔다.

그렇지만 위지극은 대답할 수 없었다.

"조금만 더 가면 태평촌이다. 그러니 힘을 내거라. 네 정인도 무사할 거다."

'다행이야……'

위지극은 그곳에 도착하면 어떻게 해서 치명상을 입은 그녀가 살 수 있는지 몰랐지만, 왠지 안심이 되었다.

태평촌에는 자신이 모르는 게 많을 것이다.

아니, 아는 것보다 모르는 게 더 많을 것이다.

그렇게 오래 살아왔건만 강호에 나서기 전까지 그곳이 성천이라는 사실도 알지 못했으니 말이다.

휘이이이이!

시끄러운 바람 소리가 끊이지 않고 귓전을 때렸다.

위지극은 그가 자신을 끌어안고 허공으로 솟구쳤던 것을 기억했다.

'이게 경공인가.'

분명 경공이다.

말도 안 되긴 했지만 경공임엔 틀림없었다.

'가르쳐 달라고 해야지. 꼭.'

그 생각을 끝으로 위지극은 다시 정신을 잃었다.

그렇게 세 사람은 하늘을 날아가고 있었다.

＊　　＊　　＊

"올 때가 되지 않았소?"

백염을 기다랗게 늘어뜨린 황포노인이 입을 열자 그 앞에 마주 앉아 있던 태평촌장이 미간을 찌푸렸다.

"조금만 더 기다려 보게."

"허허, 빨리 와야 할 텐데."

그렇지 않아도 짜증이 일고 있던 촌장은 그 말에 버럭 소릴 질렀다.

"거! 금방 온다니까 왜 이리 투덜거려!"

그러나 황포노인도 지지 않았다.

"몰라서 묻소?"

"몰라서 묻는다!"

황포노인이 수염을 쓰다듬으며 나직하게 말했다.

"내가 이곳에 온 게 언제인지 기억도 나지 않소. 그런데 말이오……."

"그래서 뭐?"

"그동안에 내가 환자를 돌본 게 몇 번이나 되는지 아시오?"

"그걸 내가 어떻게 알아?"

"당신은 모르겠지만, 나는 확실히 기억하오. 잊으려고 해도 잊을 수 없었으니까."

황포노인은 어처구니없다는 표정으로 고개를 절레절레 저었다.

하나 촌장의 눈에서는 불똥이 튀었다.

"지금 기억력 좋다고 자랑하는 거야?"

"그럴 리가 있겠소."

황포노인은 촌장의 눈앞에서 손을 들어 올리더니 손가락 세 개를 폈다.

"뭐? 삼천 번이라는 소리야?"

황포노인은 대답하지 않았다.

"그럼 삼백 번인가 보군."

"지금 장난하시오?"

황포노인의 표정이 딱딱하게 굳었다.

"세 번이란 말이오, 세 번! 아시겠소? 그 긴 세월 동안 환자를 본 게 단 세 번이라니, 믿을 수 있겠소?"

"환자가 없으면 좋은 거지, 뭘 그래."

촌장이 대수롭지 않게 말하자 황포노인이 눈을 무섭게 치켜떴다.

"의원이 돼서 환자를 보고 싶어하는 게 당연하지 않소! 허구한 날 약초나 캐고 있으니, 그게 과연 의원이 할 짓이란 말이오!"

"그게 뭐 내 탓인가?"

"당신 탓이지, 그럼 누구 탓이오? 내가 이곳에 오고 싶어해서 온 것도 아니지 않소?"

"아니, 근데 듣자듣자 하니까……."

촌장이 목소리를 높이자 그만큼 황포노인의 목소리도 커졌다.

"내 말이 틀렸소?"

"기껏 살려놨더니, 뭐가 어째?"

"죽긴 누가 죽는다고 그러는지 모르겠구려."

"그 조가 놈이 너를 죽이려고 혈안이 되어 있었는데 네놈은 그것도 모르고 있었냐? 재주가 가상하여 데려와 줬더니만 어디서 헛소리를."

"조 대인이 그럴 리 없소."

"조 대인? 허허, 아주 네가 미쳤구나, 미쳤어. 자기가 싫다고 할 때는 언제고."

"그건 한때였을 뿐이오. 그리고 소문과 달리 나는 조 대인만 치료한 것이 아니라오."

"아, 됐어, 됐어. 네가 누굴 더 치료했는지 모르겠지만, 이것 하나만은 알아둬. 너는 분명 내가 아니었으면 죽었어. 그러니 내게 고마워해야 돼."

"말도 안 되는 소리."

"아니, 이 늙은이가!"

“누가 누구보고 늙은이라고 하는지 모르겠소만.”

촌장은 더 이상 참지 못하고 벌떡 일어섰다.

그러나 막 노화를 터뜨리려다 말고 갑자기 하늘을 올려다봤다.

“왔다, 네가 그토록 기다리던 환자가.”

“오호~”

황포노인도 자리에서 일어나 하늘을 쳐다봤다.

햇살 때문에 눈을 게슴츠레하게 뜨며 하늘을 살피던 그는 이내 활짝 웃었다.

“옳지, 그래야지. 두 명이나 되는구나.”

쉬아아앙!

무섭게 공기를 가르는 소리와 함께 두 사람을 옆구리에 끼고 있는 이염이 나타났다.

그는 촌장집 허공 이십여 장 높이에 이르러 천천히 느려지더니 갑자기 땅을 향해 무섭게 떨어져 내렸다.

“저쪽으로!”

촌장이 한쪽을 가리키며 버럭 소리치자 그는 흠칫하더니 촌장집 밖으로 방향을 바꿨다.

쿠아앙!

굉음과 함께 먼지가 자욱하게 피어올랐다.

이어 이염이 깊이 파인 구덩이 밖으로 나오자 촌장이 두 사람을 건네받으며 혀를 찼다.

"그놈의 괴상망측한 착지는 여전하구만."

"죄송합니다."

"됐어. 어쨌든 먼 길 다녀오느라 수고했네."

이염이 허리를 숙이자 촌장은 손사래를 치고는 두 사람을 데리고 자신의 집으로 들어갔다.

그가 평상에 두 사람을 뉘이자마자 황포노인이 세심하게 살피기 시작했다.

창상을 하나하나 조심스럽게 살피는 동안 그의 표정은 수시로 변했다.

그리고 대략 일각이 흐른 후 황포노인은 허리를 펴고는 수염을 쓰다듬었다.

"어때?"

촌장이 급히 물었다.

"심하군, 심해."

"심한 줄은 나도 알아. 글쎄, 어떠냐니까?"

"이쪽의 여아는 나의 백흠설(白欽屑)이 없었다면 이미 죽었소."

그는 이염을 힐끗 쳐다봤다.

"많이 과한 바가 있지만, 한 아이의 목숨을 건졌으니 그것으로 되었지. 잘했네."

"송구스럽습니다."

"아니야. 백 년 동안 모은 것이라지만, 그보다는 목숨이 더

소중하니까.”

그 말에 이염은 흠칫했다.

그는 황포노인이 자신을 칭찬하고 있는 것인지 야단치고 있는 것인지 헷갈렸다.

“이 아이는 내상과 창상이 모두 완치되려면 족히 삼 일은 걸리겠소.”

“그렇구만. 그럼 극이는?”

“극이는 못해도 칠 주야는 필요하오. 그것도 나의 백흠설이 아니었…….”

“아, 자랑 좀 그만해. 그놈의 백흠설 타령은.”

촌장이 짜증이 치미는지 화를 내자, 그는 정색을 하며 대꾸했다.

“어허, 촌장이야말로 역정 좀 내지 마시오. 내 말은 한 치의 거짓도 없소이다.”

“알았어, 알았어. 내가 말을 말아야지. 그러면 칠 일 뒤면 멀쩡해지는 거야?”

“두말할 필요 있겠소. 다만 한 가지 걱정되는 게 있는데…….”

“뭔데?”

“여아를 치료하는 데에는 크게 무리가 없지만, 극이를 치료할 시에는 그 칠 주야 동안 한시도 자리를 비울 수 없다는 것이 문제요.”

“잠잘 시간도 없어?”

“없소.”

“밥도 못 먹고?”

“그렇소.”

촌장은 잠시 고민하는 듯하더니 갑자기 묘한 미소를 지었
다.

“잘됐네. 의원이라면 침식을 잊고 환자를 돌보는 게 당연
하니까.”

그는 마치 고소하다는 표정으로 황포노인을 훑어봤다.

그러자 옆에 있던 이염이 조심스레 말을 꺼냈다.

“저기, 촌장님.”

“왜?”

“촌장님의 공력이라면 충분히 가능하지 않습니까?”

“내가 왜 이 작자한테 공력을 나눠 줘?”

촌장이 말도 안 된다는 듯이 되묻자 이염은 말끝을 흐릴 수
밖에 없었다.

“그래도 극이가 나으려면…….”

“허허허, 역시 자네는 의리가 있구만.”

갑자기 황포노인이 너털웃음을 터뜨렸다.

“그러나 걱정할 필요가 없네.”

“네? 방금 전에 그게 문제라고 말씀하시지 않았습니까?”

“물론 문제긴 하지. 그러나 해결할 방도가 없다고 하진 않

았네."

그러면서 품속에서 노란색 주머니를 꺼내더니 안에서 어른 손톱만 한 환을 꺼내었다.

"바로 이것만 있으면 모든 게 해결된단 말일세. 요거 한 알만 먹으면 한 달 동안 안 먹고 안 자도 거뜬하니까 말이야. 허허허."

"……."

그 말에 이염은 멍한 표정으로 황포노인을 쳐다보았다.

"왜? 자네도 한 알 먹고 싶은가? 말만 하게. 내 자네에게만은 특별히 선물할 의향이 있다네."

"에라이! 돌팔이 약장수야."

"뭐요!"

황포노인이 촌장의 말에 발끈했으나, 촌장은 이미 방으로 들어가고 있었다.

"몰라. 난 들어갈 테니까 둘이 알아서들 잘해봐."

손을 홰홰 저으며 말하던 촌장이 갑자기 획하니 뒤돌더니 이염에게 말했다.

"자네는 저 돌팔이의 집까지 이 아이들을 잘 데려다 줘. 어차피 여기선 고치지도 못할 테니까."

그는 뒤이어 황포노인을 쳐다보며 말했다.

"열흘 후에 찾아갈 테니 그때까지 못 고쳐 놓기만 해봐. 그때는 집에 확 불을 놓아버릴 거니까."

"저… 저… 불한당 같은!"

뒤늦게 황포노인이 삿대질을 했으나, 촌장은 이미 방으로 들어가 버린 후였다.

"허허허, 저리 성질머리가 더러워서야……."

황포노인이 허탈하게 웃자 이염은 촌장과 황포노인 사이에 끼는 것이 싫었는지 슬그머니 두 사람을 안아 들었다.

"가시지요……."

"흠. 아, 그러세."

황포노인은 멋쩍은지 헛기침을 하고는 이염의 뒤를 따랐다.

*　　　*　　　*

"내 이놈들을……!"

적존교주 우백에게서 무시무시한 기운이 흘러나오고 있었다.

그 앞에 꿇어 앉아 있던 흑령이 바닥에 머리를 찧었다.

"제자의 죄가 크옵니다."

우백은 흑령에게서 무당산에서 벌어진 일을 보고받는 중이었다.

성천자를 거의 죽음에 몰아넣었을 때 사죽림이 나타났고, 그들로 인해 애꿎은 우희명이 죽음에 이르렀다고 하자 그는 참을 수 없는 분노가 치밀었다.

"그래서 어찌 됐느냐? 희명이는 어찌 됐냔 말이다!"

흑령은 이후의 일을 자세히 이야기했다.

갑자기 하늘에서 백의인이 나타난 것, 그리고 그가 그 두 사람을 데리고 사라진 것까지.

"하면 희명이를 성천으로 데려갔겠군."

"확실치는 않으나, 아마도 그랬으리라 사료됩니다."

부친의 원수들에게 딸아이의 생명을 맡겨야 된다는 사실이 굴욕적이긴 했으나, 한편으로는 다행이라는 생각도 들었다.

살아날 수 있는 가능성이 아직 남아 있으니 말이다.

우백은 잠시지간 곰곰이 생각하다가 불쑥 물었다.

"한데 그놈들이 성천자는 불사의 존재라 했다고?"

"그렇습니다."

"말도 안 되는 변명을 지껄이는군. 사사, 그대의 생각은 어떤가?"

사사가 가볍게 허리를 숙이며 대답했다.

"있을 수 없는 일이지요. 불사의 존재는 전설에서나 나올 법한 이야기입니다."

"네 생각은 어떠냐? 너는 직접 손을 섞어보았으니 알 게 아니냐?"

"제자는……."

흑령은 주저했다.

자신도 확신을 가지지 못했다.

또한 지금의 대답은 쉽게 말할 수 없는 성질의 것이었다.

그의 생각을 읽었을까?

우백이 나직하게 덧붙였다.

"괜찮다. 느낀 대로 말해보아라."

흑령이 고개를 치켜들었다.

"그는……."

갑자기 그의 머릿속에 흑령마단원들의 검을 맨몸으로 받아내며 마른 사내를 향해 검광을 뿌리는 위지극의 모습이 떠올랐다.

불사가 아니라면 절대 할 수 없는 행동이다.

그 당시는 절대 동귀어진을 할 만한 상황이 아니었던 것이다.

하나 결정적인 증거가 없었다.

목이 떨어진 것도, 육신이 산산조각 난 것도 아니었다.

"저였으면 목숨을 잃었을 만한 큰 부상을 입었음에도 무공을 펼쳤습니다."

"……."

우백이 잠자코 있자, 사사가 입을 열었다.

"세상에는 요상에 탁월한 효력을 발휘하는 신공들이 많습니다. 소림의 대라금선공이나 월영신문의 월하심공이 이에 속하는 무공이지요. 성천 역시 그런 무공을 한두 개쯤은 가지고 있을 것이니, 충분히 가능한 이야기입니다.”

“흐음, 그럴 수 있겠군.”

성천은 분명 세상에 드러나지 않은 신비로운 무공들을 가지고 있을 게 틀림없었다.

그중에 요상공 하나 없겠는가.

우백은 이에 성천자가 불사라는 것에 대한 관심을 깨끗이 지웠다.

이제 남은 것은 하나다.

딸을 죽음에 몰아넣은 사죽림.

비록 동맹의 관계에 있다지만, 어떻게든 그에 대한 죗값을 물어야만 했다.

“사사!”

“말씀하십시오.”

“사대봉공을 만나야겠네.”

사사가 흠칫하며 급히 말했다.

“교주님, 잘 생각하셔야 합니다. 그들 역시 고의는 아니었을 것입니다. 지금 사대봉공을 자극하는 것은 교에 하등 도움이 되지 않습니다.”

“상관없네. 그들의 도움 따윈, 애당초 그들과 손을 잡은 것부터가 나의 잘못이었어.”

“하지만 그들이 없었다면 이만큼 교를 키우는 것조차 불가능했을 것입니다. 그랬기에 흑천검마께서도……."

"나와 그분은 달라!"

"……."

"어찌 됐든 나는 기필코 사대봉공을 만나야겠어. 그러니 준비해 놓게."

사사는 마음이 내키지 않았으나, 결국 그의 뜻에 따를 수밖에 없었다.

"명을 받들겠습니다."

*　　*　　*

"으으음……."

우희명은 미세하게 신음 소리를 냈다.

전신이 시원했다.

이는 마치 뜨거운 여름, 시원한 개울에 몸을 담그고 있는 기분이었다.

분명 극이와 함께 죽었는데 시원하다니, 저승이란 이런 곳일까.

늙수그레한 목소리가 들린 것은 그때였다.

"좋지 않느냐?"

"……!"

"마치 새로운 세상에 들어선 기분이 아니냐? 나른하면서도 시원한 기분. 어때, 그렇지 않느냐?”

우희명은 번쩍 눈을 떴다.

머리맡에서 고개를 내밀어 자신을 쳐다보고 있는 노인의
얼굴이 눈에 들어왔다.

“누… 누구세요!”

그녀는 상체를 벌떡 일으켰다.

“허허, 참 팔팔하기도 하다.”

“누구냐니까요!”

“이거야 원. 생명의 은인을 보고 내뱉는 첫마디가 누구냐
라니. 이거, 왠지 모르게 서글프구먼그래.”

“네……?”

“그건 그렇고, 기분이 어떠냐니까? 좋지? 응? 그렇지?”

우희명은 이 정체 모를 노인이 무슨 소리를 하고 있는지 알
수 없었으나, 그의 말대로 나른하면서도 시원한 기분이 드는
것은 사실이었다.

“조… 조금은.”

“허허허, 솔직하구나. 그것이 바로 내가 만든 세명단(洗命
團)의 효험이다. 그 효험을 맛본 사람은 네가 처음이니 영광
인 줄 알아야 할 게다.”

“네……?”

우희명은 다시 머리가 어지러워지려 했다.

이 노인은 누군가?

그리고 또 여긴 어딘가?

지금 자신은 살아 있는 것일까, 죽어 있는 것일까?

"그런데… 누구세요?"

"나는 원화(元化)라고 한다."

노인이 빙긋 웃으며 대답했다.

하지만 그녀는 처음 듣는 이름이었다.

우희명은 주위를 둘러봤다.

특별할 게 없는 자그마한 방이었다.

그러나 약초 냄새가 코를 찌를 정도로 지독했다.

그 때문에 우희명은 이 노인이 의원이라는 사실을 쉽게 짐작할 수 있었다.

"여기는… 어디죠?"

"태평촌이다."

"……!"

순간 우희명의 눈이 더할 수 없이 커다래졌다.

"태평촌이라고요?"

노인이 고개를 끄덕였다.

"그럼 여기가 극이가 온 성천이라는 말씀인가요?"

"바깥세상에서는 그리 부른다더구나."

그는 태연히 대답했다. 그러나 우희명은 그럴 수 없었다.

성천!

그녀에게는 크게 다가오는 이름이었다.

어렸을 때부터 들어온 성천이다.

그리고 위지극, 사랑하는 정인의 고향이었다.

"극이는요? 그는 지금 어디 있죠? 살아 있는 거죠?"

"허허, 좀 천천히 말하거라. 숨넘어가겠구나. 극이는 물론 살아 있단다. 그리고 바로 요 건넌방에 얌전히 누워 있고."

"봐야겠어요!"

우희명은 급히 일어나려 했다.

그러나 노인에게 팔이 잡혀 뜻을 이루지 못했다.

"어허, 너무 걱정할 필요 없다. 얼마 후면 그 녀석도 너처럼 팔팔해질 테니까."

우희명은 그를 놀란 눈으로 쳐다보다가 문득 자신이 살아 있다는 사실이 믿기지 않았다.

"어… 어떻게 된 거죠? 분명 심장을 칼에 찔렸는데. 어떻게……."

황포노인, 원화는 빙긋 웃었다.

"너는 분명 심장을 찔렸다. 그렇지만 너를 해한 그 사람이 미숙했는지 정확하지 못했다. 겨우 한 치가량만 찢어냈으니 말이다."

우희명은 그의 말이 납득되지 않았다.

원화는 너무나 대수롭지 않게 말하고 있었다.

심장이 한 치나 찢겨 나간 것이 겨우란 말인가?

한 치가 아니라 미세한 구멍만 뚫려도 죽음에 이르게 하는 게 심장이었다.

그녀의 의심을 아는지 노인이 말을 이었다.

"물론 나의 백흠설이 없었다면 너는 이곳에 오기 전에 죽었을 게다."

우희명은 백흠설이 무엇인지 몰랐다.

이염이 백흠설을 뿌렸을 때, 그녀는 이미 정신을 잃은 상태였다.

하나 아무리 명약이라 해도 찢겨진 심장을 고칠 수는 없으리라.

"네가 무슨 생각을 하고 있는지 안다. 하지만 나에게 불가능이란 없단다."

"그렇지만 심장이 베인 상처는 그 누구도 고칠 수 없어요. 설사 화타가 다시 살아난다 해도 그건 불가능할 터인데, 어찌 어르신이……."

"누가 그러더냐?"

그녀의 말을 끊고 황포노인이 정색을 하며 물었다.

"네?"

"누가 내가 죽었다고 그런 헛소리를 한단 말이냐?"

우희명은 멍한 얼굴로 노인의 얼굴을 쳐다봤다.

"지금 무슨 말씀을……?"

"이렇게 번듯하게 살아 있거늘, 어느 놈이 감히 내가 죽었다고 헛소문을 퍼뜨려?"

"그… 그건 소문이 아니라 당연한 일인데요."

"당연하기는! 내가 죽은 것을 본 놈이 있단 말이냐? 본 놈이 있거든 나와보라고 그래."

"굳이 보지 않아도… 그 정도는. 그럼 설마 어르신이 화타 본인이라는 말씀이신가요?"

"그래, 내가 바로 화타다."

"……."

우희명은 눈을 게슴츠레하게 떴다.

아무리 생명의 은인이라지만 거짓말도 적당히 해야 믿어주는 것이다.

화타는 무려 천오백 년 전 사람이었다.

보기에는 멀쩡해 보였는데 완전히 정신 나간 사람이 아닌가?

그렇지만 우희명은 마지못해 고개를 끄덕여 주었다.

"네……."

"어허, 못 믿는 눈치구나."

"아니에요. 믿어요, 화타 어르신."

"아무리 봐도 못 믿는 것 같은데……."

황포노인이 얼굴을 찡그리자 우희명은 급히 화제를 돌렸다.

"그러면 극이는 언제 고쳐 주실 거예요?"

"그렇지 않아도 지금 바로 시작할 셈이었다."

그러고는 자리에서 일어났다.

우희명이 따라 일어나려 하자 그가 만류했다.

"너는 쉬고 있거라. 내일쯤에는 보러 와도 좋다. 그러나 그 전에는 절대 안 돼. 알겠느냐?"

우희명은 마음 같아서는 당장에라도 뛰어들고 싶었지만, 그의 말을 따르는 수밖에 없었다.

이곳은 성천.

자신이 마음대로 행동할 수 있는 곳이 아니었다.


위지극이 일어난 것은 황포노인의 예견대로 정확히 칠 주야 만이었다.

그러나 그 칠 주야라는 긴 시간 동안 계속 정신을 잃고 있었던 건 아니었다.

아니, 그보다 대부분의 시간 동안 깨어 있었다는 게 맞았다.

고통과 아픔을 참으며 버텼다.

기이한 약초가 그 고통을 덜어주기는 했으나, 그래도 한계가 있기 마련. 나머지는 모두 참아내는 수밖에 없었다.

위지극은 자신을 치료하고 있는 노인이 누구인지 알았다.

보약을 주로 만드는 원화 할아버지였다.

몇 번인가 그가 주는 약을 먹어보기도 했다.

너무 써서 금세 뱉어버리기는 했지만.

그는 자신의 몸을 철저하게 찢어냈다.

뭔가 이상한 액체를 바르고 살을 태웠으며, 잘라내고 다시 붙였다.

뼈 긁히는 소리가 귀를 울렸고, 토할 것 같은 냄새가 코를 마비시켰다.

그렇게 칠 주야.

너무나 지옥 같은 시간이었다.

그런 고통을 이겨낼 수 있는 힘을 주는 존재가 옆에 없었다면 견뎌내지 못했을 수도 있었다.

우희명.

그녀가 살아 있었다.

그녀가 살아 있으니 자신 역시 죽을 수 없었다.

노인의 옆에서 수발을 들며 자신의 상태를 지켜보는 그녀.

눈으로 보지 않아도 그녀의 숨결을 느낄 수 있었고, 그녀의 따스한 마음이 가슴에 전해져 왔다.

그렇게 칠 주야가 흐르고 나서야 미세하긴 하나 진기가 느껴졌다.

역천지신을 억압하고 있던 그 무언가가 사라지자 선천칠기가 움직이기 시작했다.

처음은 미약했으나 점점 양이 늘어갔고, 어느새 대주천을 이룰 정도가 되었다.

그와 함께 연자팔기도 꿈틀댔다.

그렇게 모든 공력을 찾는 데까지 두 시진이 걸리고 나서야 위지극은 좌정할 수 있었다.

우희명과 황포노인을 앞에 둔 위지극은 먼저 우희명과 눈을 마주쳤다.

그녀는 웃고 있었다.

더 이상 무슨 말이 필요할 것인가.

위지극의 입가에도 한줄기 미소가 떠올랐다.

그리고 노인에게 말했다.

"할아버지셨군요."

"나 외에 또 누가 이런 의술을 펼칠 수 있겠느냐?"

위지극은 조용한 웃었다.

"몰랐습니다. 전 아무것도 모르고 있었어요."

"뭘 모른단 말이냐?"

"전부입니다. 이곳에 있는 사람들 전부."

"허허, 이상한 소리를 하는구나."

황포노인은 대수롭지 않다는 듯이 말하자, 위지극은 고개를 저으며 말을 이었다.

"할아버지를 안 것은 어렸을 때부터였지만, 진정한 신분은 아직도 모르고 있어요."

황포노인은 그가 무슨 말을 하려는지 짐작했다.

아마도 강호에 나가 많은 것을 보고 들었을 것이었다.

그러나 노인의 대답은 간단했다.

"나는 너도 알다시피 원화다."

"그리고 화타라고도 우기셨죠."

옆에 앉아 있던 우희명이 슬그머니 덧붙였다.

"화타?"

위지극이 다시 묻자 황포노인이 대답했다.

"그렇게도 불리지. 왜? 너도 들어본 이름이냐?"

위지극은 화타란 이름을 들어본 적이 없었다.

하지만 읽은 적은 있었다.

계록서관의 무방서고에서였다.

그곳은 역사책이 주를 이룬 서고였는데, 그곳에서 분명히 보았다.

책에서는 화타라는 명의가 있었으나, 후에 조조에게 죽임을 당했다 기술되어 있었다.

그리고 그의 의술은 놀라워 죽은 사람도 살려낼 정도라 했다.

'화타… 역시나……'

위지극은 고개를 끄덕였다.

"물론 알고 있습니다. 그분이 바로 할아버지셨군요. 책이 틀렸나 봅니다. 돌아가셨다고 써 있었는데."

"아니, 대체 어느 놈이 자꾸 내가 죽었다고 그래!"

"너 설마 그 말을 믿는 거야?"

우희명이 깜짝 놀라 묻자 위지극은 빙긋 웃었다.

"그럼, 당연히 믿지."

"너······?"

우희명은 위지극이 아직 정신을 차린 지 얼마 되지 않아 판단력이 흐려졌으리라 생각했다.

그러지 않고서야 노인의 말을 믿을 턱이 없었다.

우희명이 안쓰러운 눈빛으로 위지극을 바라보고 있을 때, 방문 밖에서 사람 목소리가 들려왔다.

"일어났느냐?"

"촌장님!"

"거참, 정확한 시간에 오는구만."

위지극은 벌떡 일어났고, 황포노인도 툴툴대면서 일어나 방문을 열었다.

위지극은 촌장을 보자마자 그에게 허리를 깊숙이 숙였다.

"안녕하셨습니까?"

"오냐, 안녕했다. 그런데 왜 너답지 않게 예의를 그리 차리느냐. 그러지 말고 그냥 하던 대로 꾸벅 인사나 해."

"어찌 그럴 수 있겠습니까."

"허, 죽다 살아나더니 이상하게 변해 버렸네. 아무튼 나를 따라오거라. 궁금한 게 많을 테니."

그는 신형을 돌려세우려다가 우희명을 발견하고는 위지극에게 물었다.

"이 아이 맞지?"

"네?"

"뭘 모른 척하고 그래. 장래를 함께할 사람 맞냐니까."

그 말에 위지극은 머리를 긁적였고, 우희명은 얼굴이 빨개졌다.

"이름이 뭐냐?"

"우희명이라 합니다."

그녀는 공손히 허리를 숙였다.

보기에는 볼품없이 보이는 늙은이였지만, 바로 이 사람이 성천의 천주인 것이다.

단 한 사람만의 힘으로 강호의 분란을 잠재울 만한 극강의 고수.

그런 고수들을 다스리는 사람이 바로 눈앞에 서 있는 성천주였다.

그녀는 자신도 모르게 가슴이 떨려왔다.

"우희명? 우 씨구나."

"희명이의 부친이 적존교주입니다."

위지극의 설명에 촌장은 살짝 눈이 커졌다.

"그래? 거, 어쩌다가… 아니, 지금은 그게 중요한 게 아니지."

그는 잠시 생각하는 듯하더니 그녀를 쳐다봤다.

"너도 따라오거라. 이곳에 발을 디딘 이상 어차피 너도 태평촌의 식구로 살아야 할 테니 말이다. 그리고 따로 소개시켜

줄 사람도 있고."

우희명이 위지극에게 고개를 돌렸다.

그녀의 눈에는 놀라움이 가득했다.

성천의 식구.

그것이 의미하는 바는 결코 작지 않았다.

위지극은 조용히 웃으며 우희명의 손을 잡았다.

"가자."

"으, 응."

위지극이 가려 하자 등 뒤에서 황포노인이 소리쳤다.

"이놈아, 고맙단 말도 안 하고 가냐? 내가 얼마나 고생했는데!"

"아, 감사합니다, 할아버지!"

위지극이 깜짝 놀라 허리를 숙이자 그는 너털웃음을 터뜨렸다.

"어여 가봐라. 저 고약한 늙은이가 성질 부리기 전에."

위지극은 빙긋 웃으며 우희명과 함께 문을 나섰다.

『성천』 제6권에 계속…

# 共同傳人

# 공동전인

설경구 新무협 판타지 소설

## 마교를 재건하라.

혈마옥에 갇히며 마교 장로들의 공동전인이 된 사무진에게 주어진 과제.
역사상 가장 착한 마교의 교주.
하지만 역사상 가장 강한 마교의 교주가 되고 싶다.

## 고정관념을 버려요.

마교도라고 해서 꼭 나쁜 놈일 필요는 없잖아요.

## 지금까지와는 다른 마교.

이제 사무진이 만들어가는 새로운 마교가 모습을 드러낸다.

歡喜密功

# 환희밀공

설봉 新무협 판타지 소설

무유칠덕(武有七德), 금폭(禁暴), 집병(戢兵), 보대(保大),
정공(定功), 안민(安民), 화중(和衆), 풍재(豊財), 자야(者也).
〈좌전(左傳), 선공 십이년(宣公 十二年)〉

무에는 일곱 가지 덕이 있다.
첫째, 난폭을 금지한다. 둘째, 무기를 거두어들인다. 셋째, 큰 나라를 보전한다.
넷째, 공적을 정한다. 다섯째, 백성을 편안하게 한다. 여섯째, 대중을 화합하게 한다.
일곱째, 물자를 풍부하게 한다.

섬서성(陝西省) 육반산(六盤山)에 신력(神力)을 바탕으로
패공(覇功)을 구사하는 가문(家門), 육반루가(六盤婁家).
세상에게 외면받고 멸시당하는 환희교(歡喜敎).
육반루가의 후손과 환희교 교주의 운명적인 만남.

"넌 환희교를 지키는 수문장(守門將)이 될 거야.
강하게, 아주 강하게 키워주마."
'아버지처럼 죽지 않을 거야. 아무도 날 죽일 수 없어.
세상에서 최고로 강한 사람이 될 거야.'


유행이 아닌 자유추구 -
www.chungeoram.com
Book Publishing CHUNGEORAM

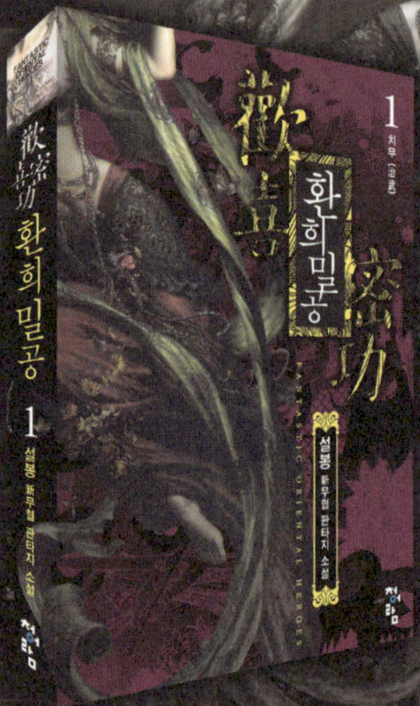

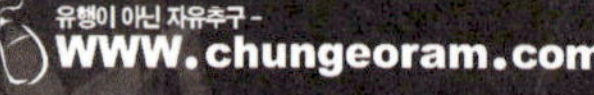